Warten auf Perlassi

EDUARDO SACHERI

Warten auf Perlassi

Aus dem Spanischen von
Matthias Strobel

Berlin Verlag

Für Clara, für Francisco und für dich.
Denn ihr seid meine Erlösung.

Montag, 5. Oktober

Aráoz steigt aus dem Zug und sieht auf die Uhr, erst auf die des Bahnhofs, dann auf die an seinem Handgelenk. Auf beiden ist es kurz nach neun. Sich zu vergewissern, dass die Uhren richtig gehen, ist einer seiner Ticks, und es wundert ihn, dass in dieser Einöde die Zeiger der großen Uhr, die vom Dach des Bahnsteigs hängt, nicht verrostet oder stehengeblieben sind.

Er geht einige Meter in Richtung der hinteren Waggons, bis dorthin, wo es kein Dach mehr gibt, nur noch einen von struppigen Bäumen gesäumten Zementstreifen. *O'Connor* steht auf einem rechteckigen Schild, in weißen Großbuchstaben auf schwarzem Grund, typisch für die von den Engländern gebauten Bahnhöfe. Er macht kehrt und geht wieder nach vorn. Angesichts dieser Wildnis bedrückt ihn die Einsamkeit umso mehr.

Von der Lokomotive her kommt der Schaffner mit der Mütze in der Hand auf ihn zu. Der graue Mann hebt plötzlich den Arm, was auf den ersten Blick wie ein Gruß wirkt. Aber Aráoz begreift, dass er in Wahrheit an seinen Achselhöhlen schnuppert, ihren Geruch überprüft. Diese Wohlerzogenheit erstaunt ihn.

Einige Stunden zuvor, noch bei Tageslicht, war der Schaffner durch Aráoz' Waggon gekommen, um die Fahrkarten zu kontrollieren, und hatte einen unerträglichen Gestank verbreitet. Zu allem Überfluss war er auch noch auf die dumme Idee gekommen, bei Aráoz stehenzubleiben und ein Gespräch anzufangen. »O'Connor … Na so was! Ich arbeite seit ewigen Zeiten auf dieser Strecke, und bisher hat noch nie jemand eine Fahrkarte dorthin gelöst.« Aráoz, der aus vielerlei Gründen gern seine Ruhe gehabt hätte, nahm das Ticket entgegen, deutete den Hauch eines Lächelns an und starrte dann hinaus in die Pampa, die jenseits des Fensters vorbeihuschte.

Da ihre Wege sich auf dem Bahnsteig wieder zu kreuzen drohen, tut Aráoz plötzlich so, als würde er sich für die Anzeigetafel interessieren, die vor dem Büro hängt. Vergebliche Liebesmüh, wie er ahnt, da der Schaffner zu der Sorte Mensch zu gehören scheint, die es genießt, sich mit Fremden zu unterhalten – unbegreiflich für den zu Diskretion und Zurückhaltung erzogenen Aráoz. Und er hat sich nicht getäuscht.

»Werden Sie abgeholt, mein Freund?«

Aráoz prüft die möglichen Antworten. Was geht Sie das an? scheint ihm die angemessenste, aber unstatthafteste. Nein, mich holt niemand ab, und ich habe keine Ahnung, wie ich von hier wegkommen soll, würde etwas preisgeben, das er lieber für sich behält, und birgt außerdem das Risiko, einer Unzahl neuer Fragen ausgesetzt zu sein. Hm, klingt nicht unhöflich und hat den Vorteil, eine Mauer zu errichten, hinter der er sich vor der Neugier dieses müffelnden Dicken verstecken kann.

»Hm«, antwortet er, ohne den Blick von der Anzeigetafel zu wenden, die er auf diese Entfernung unmöglich lesen kann. Der Schaffner schweigt. Aráoz erlaubt sich einen Moment der Hoffnung: Vielleicht hat er ihn zum Rückzug bewegt.

»Es ist nämlich so, dass ich diese Linie schon seit ewigen Zeiten befahre, und es kommt nur alle Schaltjahre vor, dass jemand hier aussteigt.«

Er ist ein zäher Kämpfer, den ein, zwei Schüsse in die Luft nicht vertreiben können. Aráoz starrt weiterhin auf die Tafel, als wäre er allein auf dieser und allen anderen Welten.

»Sind Sie beruflich unterwegs?«

Direkte Frage. Aráoz begreift, dass er nicht weiter schweigen kann, wenn er nicht grob unhöflich sein will. Gleichzeitig ärgert ihn diese Überlegung: Jetzt ist er zweiundvierzig Jahre alt und hat immer noch Angst, unfreundlich zu wirken. Wie kann es sein, dass ihn die Gebote seiner Kindheit nach wie vor beherrschen, ohne dass Linderung in Sicht wäre? Er nimmt sich vor, diese Schwäche in die Liste seiner Niederlagen aufzunehmen.

»Hm«, sagt er noch einmal, in der Hoffnung, es nur oft genug wiederholen zu müssen, damit der Schaffner aufgibt und weggeht.

»Was machen Sie beruflich, wenn man fragen darf? Ich meine nur, weil es hier von Menschen nicht gerade wimmelt.«

Aráoz vergegenwärtigt sich die Lage. Vor fünfzehn Stunden hat er noch angezogen auf seinem Bett gelegen und eine Zigarette nach der anderen geraucht. Wenn er sich jetzt vierhundert Kilometer weit weg befindet, dann weil er einem Impuls gefolgt ist, einem winzigen Impuls, aber doch einem Impuls. Angesichts des flachen und ereignislosen Horizonts, in den sich sein Leben verwandelt hat, wollte er ihn nicht ungenutzt lassen. So weit, so gut. Jetzt verspürt er einen anderen Impuls. Den, grausam zu sein. Den, sich über diesen gesprächigen Dickwanst lustig zu machen, der die Abendluft mit seinem sumpfigen Gestank verpestet.

»Ich bin Ingenieur für Wasser- und Energietechnik«, sagt er.

Der Schaffner sieht ihn fragend an.

»Ich arbeite bei dem Staatsbetrieb, der Staudämme zur Stromgewinnung baut. Verstehen Sie?«

Aráoz ist sich nicht sicher, ob dieser Betrieb noch existiert oder längst privatisiert worden ist. Jedenfalls nickt sein Gegenüber, weil er verstanden hat oder weil er nicht als Idiot dastehen will. Aráoz fühlt sich ermuntert, noch einen draufzusetzen.

»Wir planen hier in der Gegend ein Wasserkraftwerk, und dafür müssen wir einen Damm bauen.« Er unterstützt seine Aussage mit einer waagrechten Bewegung des rechten Arms auf Höhe der Schulter, wie um die riesigen Ausmaße dieses Staudamms zu verdeutlichen. »Dreiundvierzig Kilometer breit. Sie können sich nicht vorstellen, was das für eine Mauer wird. Das wird der größte Stausee in ganz Lateinamerika.«

Die Augen des Schaffners leuchten. Aráoz beschließt, die Sache mit einer Prise Patriotismus zu würzen.

»Brasilien tobt vor Wut. Sie haben zwar auch zwei oder drei große Stauseen, aber verglichen mit unserem werden die wie Planschbecken wirken.«

»Neiiin«, sagt der Schaffner mit ungläubigem Gesicht. Ungläubig und froh.

»Unserer Planung nach wird er so groß wie die Provinz Tucumán. Mindestens.«

»Tucumán ist die kleinste Provinz Argentiniens«, unterbricht ihn der Schaffner, als könne er der Versuchung nicht widerstehen, stolz zur Schau zu stellen, wie viel er noch aus der Schule weiß.

»Stimmt«, räumt Aráoz rasch ein. »Als Fläche ist es klein, aber als Stausee … Überlegen Sie mal.«

Der andere zögert.

»Mein lieber Scholli«, murmelt er schließlich.

Es ist fast mit Händen zu greifen, wie der gewaltige Staudamm im Kopf des Schaffners Form annimmt. Aráoz erinnert sich an etwas; es scheint ihm so nutzlos wie fast alles, das er sich jemals gemerkt hat, doch im Hochgefühl seines plötzlichen Sadismus spricht er es aus.

»Das einzige Bauwerk, das man vom Mond aus mit bloßen Augen erkennen kann, ist die Chinesische Mauer. Das behaupten jedenfalls die Astronauten, die dort waren«, sagt er und vollendet im reißerischen Tonfall eines Starreporters: »Bald wird man zwei Bauwerke sehen können.«

Er sieht den Schaffner an. Fehlt nur noch, dass der Dicke vor Begeisterung in Applaus ausbricht. Hat er Mitleid mit ihm? Nein, nicht einmal jetzt, wo der Kerl und sein verdatterter Gesichtsausdruck eine Ode an die Einfalt sind.

»Um ganz sicherzugehen, werden wir den Staudamm vielleicht noch etwas größer bauen. Sagen wir … was weiß ich … sechzig, fünfundsechzig Kilometer lang. So groß wie Tucumán und ein Stück Santiago de Estero … ein nicht zu kleines Stück.«

»Die beiden Provinzen sind sich doch spinnefeind«, wendet der Schaffner ein.

Aráoz betrachtet ihn mit der heiteren Milde eines altmodischen, aber herzlichen Professors. Sein Blick zeigt Wirkung. Der Eisenbahner korrigiert sich hastig.

»Was bin ich nur für ein Dummkopf! Das sagen Sie

bloß als Beispiel!«, ruft er mit einem entschuldigenden Kichern.

Jetzt ist der Augenblick gekommen, um aufs Ganze zu gehen und ihm die Freude zu vermiesen.

»Eines steht jedenfalls fest: Der schwierigste Part ist das mit dem Zug. Ein Großteil der Strecke soll nämlich unterirdisch verlaufen.«

Das Gesicht der Eisenbahners verdüstert sich. Er sieht dem Experten in die Augen, um sich zu vergewissern, ob er das Gesagte ernst meint. Aráoz hält dem Blick stand.

»Aber … wie …?«

Der Schaffner weiß nicht, wie er nach dem, was er fürchtet, fragen soll, als rücke er seine Zukunft näher an den Abgrund, wenn er seine Angst in Worte fasst. Unwillkürlich sieht er zu dem Zug. Aráoz ahnt, dass diese Masse alten Eisens für den Mann eine Art Schutzengel ist. Seine innere Stimme sagt ihm, dass er Erbarmen mit diesem Menschen haben sollte. Aber er will nicht.

»Der ganze Abschnitt von Trenque Lauquen bis Pehuajó. Verstehen Sie? Tja, viel bleibt dann nicht mehr übrig. Von hier bis zur Nationalstraße sieben, mehr nicht. Und ob wir die acht nicht womöglich ein Stück nach Norden verlegen müssen, ist noch unklar.«

Die Art, wie der Schaffner um Worte ringt, verrät seine tiefe Niedergeschlagenheit.

»Aber … was … die Züge …«

»Die Züge können Sie vergessen, mein Freund. Ein Staudamm ist ein Staudamm. Elektrizität. Fortschritt.«

Aráoz beginnt im Kreis zu gehen, als hätte ihn der kommende Fortschritt in Unruhe versetzt. Dieser Energieschub überrascht ihn. Allerdings kennt er sich gut genug, um einen Tick von wahrer Begeisterung unterscheiden zu können. Er sieht auf die Uhr und dann ans andere Ende des Bahnhofs, das sich im Dunkel verliert.

»Das Land ist im Wachstum begriffen. Es geht voran. Da dürfen wir uns von ein paar Zügen oder Dörfern nicht aufhalten lassen. Finden Sie nicht?«

»Natürlich ...«

Die Lokomotive stößt ein tiefes Tuten aus. Der Schaffner löst sich aus seiner Bestürzung und fragt: »Sind Sie sicher, dass Sie abgeholt werden, Señor?«

Es ist eine komplizierte Frage. Wenn er Ja sagt und der Zug aus irgendeinem Grund weiterhin stehenbleibt, wird schnell klar, dass er gelogen hat. Nein sagen kann er aber auch nicht, nachdem er so affirmativ gebrummt hat, als der Mann ihn am Anfang gefragt hat. Gegenfragen, sagt er sich. Wenn man nicht will, dass man mit Fragen belästigt wird, stellt man am besten eine Gegenfrage.

»Warum fragen Sie?«

»Nur so. In O'Connor liegt der Bahnhof etwas außerhalb. Nach uns wird der Bahnhofsvorsteher alles ausschalten und nach Hause fahren. Bis morgen kommt dann kein Zug mehr. Wenn Sie wollen, frage ich ihn, ob er Sie mitnimmt.«

»Ist es weit bis zum Dorf?«

»Na ... um die sechs oder sieben Kilomenter, schätze ich. Oder noch mehr.«

Aráoz wird blass. Die Aussicht, auf einem lausigen Bahnsteig im Freien übernachten zu müssen, nimmt ihm den Wind aus den Segeln, und sein hochnäsiges Gehabe fällt von ihm ab wie eine Schale.

»Macht das auch keine Umstände?«, fragt er mit ängstlicher Stimme.

»Nein, ach wo! Warten Sie.«

Aráoz sieht ihn in Richtung Büro gehen. Der Schweißgeruch des Dicken stört ihn schon viel weniger als zuvor. Wieder ertönt das Tuten des Zugs und unterstreicht die Dringlichkeit der Angelegenheit.

Plötzlich gehen im Bahnhof alle Lichter aus. Aus dem Büro kommt neben dem Dicken ein langer Lulatsch. Aráoz spürt Wut in sich aufsteigen. Wie oft hat er sich geschworen, sich nie wieder so hilflos zu fühlen, nie wieder bange darauf zu warten, was jemand anders gleich tun wird.

»'n Abend«, sagt der Unbekannte, und Aráoz erwidert seinen Gruß mit einem Nicken. »Sie brauchen also jemanden, der Sie bis zum Dorf kutschiert, Herr Ingenieur?«

»Ja, wenn das möglich wäre ...«, stammelt er.

»Selbstverständlich.«

Der lange Lulatsch wendet sich dem Schaffner zu und übergibt ihm ein Paket, das er unter dem Arm getragen hat. »Larrosa, diese Sendung ist für Laboulaye.«

»Ich werfe es gleich in den Pritschenwagen, damit ich's nicht vergesse. Wir sehen uns. Also, Herr Ingenieur ... Sie sind jetzt in guten Händen.«

Aráoz überlegt, ob er sich während seines Geschwafels irgendwann als Ingenieur bezeichnet hat oder ob die beiden von sich aus darauf gekommen sind. Er erwägt, diesem Larrosa ein, zwei Worte zu sagen, ihn wegen seiner Zukunft zu beruhigen. Wo sonst sollte dieser Büffel Arbeit finden? Außerdem hat er sich als guter Samariter erwiesen und ihm eine Mitfahrgelegenheit verschafft. Er ist es ihm schuldig. Aber genau deswegen will er es nicht zurücknehmen. In den letzten Monaten hat er viele Entscheidungen getroffen, und eine davon ist, kein guter Mensch mehr zu sein.

»Danke. Und denken Sie daran, dass wir spätestens im Herbst loslegen werden«, teilt er noch eine letzte Boshaftigkeit aus. »Ich an Ihrer Stelle würde mir schon mal Gedanken machen … Ich meine ja nur …«

»Danke …«, murmelt Larrosa kaum hörbar, nicht aus Unhöflichkeit, sondern weil soeben seine Zukunft zu Bruch gegangen ist wie eine von einem Stein getroffene Windschutzscheibe.

Ezequiel Aráoz ist gerade acht Jahre alt geworden. Es ist dunkel und kalt. Bitterkalt. Vor allem im Freien. Wo er gerade ist. Wo alle sind. Die Kälte ist ein Schmerz in der Nasenspitze und oben an den Ohren. Und ein lästiges Brennen am Hals, denn wenn es kalt ist, muss er diesen steifen Mantel tragen, dessen Aufschläge an Hals und Nacken kratzen. Das ist das Hässliche an der Kälte. Das Schöne ist der Nebel, der aus dem Mund kommt, wenn man atmet. Wenn es feucht ist, kommt der Nebel aus dem Mund und aus der Nase.

Man muss langsam ausatmen, damit man den Nebel gut sehen kann. Wenn man zu schnell ausatmet, sieht man ihn nicht. Mit dem Nebel kann man einen Erwachsenen spielen, der raucht. Das macht Spaß, weil man sich groß und stark fühlt. »Lass das«, wird er manchmal ermahnt, wenn jemand mitkriegt, dass er den Zahnstocher oder den Bleistift zwischen den Fingern hält, als wären sie eine

Zigarette. Dann heißt es: »Das ist was für Erwachsene.« Hoffentlich wird er bald erwachsen. Aráoz kann es kaum noch erwarten. Erwachsen sein, rauchen. Das gehört alles zusammen.

»Belaúnde«, sagt der Bahnhofsvorsteher, während der Zug anfährt.

»Aráoz, sehr erfreut«, antwortet Aráoz und schüttelt die Hand, die ihm entgegengestreckt wird.

»Wissen Sie schon, wo Sie absteigen werden?«

Aráoz denkt einen Moment nach, weil er Angst hat, seine Lügen könnten sich gegenseitig auf die Füße treten.

»Im Dorf gibt es eine Tankstelle, die Zimmer vermietet, wurde mir gesagt ...«

»Die neue oder die alte?«

Mist, denkt Aráoz, den alles Unerwartete erschreckt.

»Die alte«, sagt er auf gut Glück.

»Ah, die von Perlassi. Die liegt auf dem Weg. An der Ortseinfahrt, vor dem eigentlichen Dorf.«

Als er den Namen Perlassi hört, nach den vielen Stunden, die er unterwegs gewesen ist, und den noch mehr Stunden, die er darüber nachgegrübelt hat, ob er überhaupt fahren soll, fühlt er sich endlich am Ziel. Jetzt muss er nur noch herausfinden, was genau dieses Ziel ist.

Plaudernd gehen sie um das Bahnhofsgebäude herum. Durch die Bäume fällt das Licht des aufgehenden Mondes auf etwas, das Aráoz wie das Gerippe eines verrosteten Autos vorkommt. Obwohl alle vier Kotflügel und das Stoffdach fehlen, errät er, dass es sich um einen Citroën handelt. Wer ihn wohl in dieser Einöde zurückgelassen hat? Die Antwort folgt auf dem Fuß: niemand. Belaúnde nähert sich dem Vehikel auf der Fahrerseite, öffnet, steigt ein und knallt die Tür zu. Aráoz geht auf die andere Seite und tastet nach dem Griff. Bis er begreift, dass er bei diesem Uraltmodell ganz vorn suchen muss, fast an der Windschutzscheibe, dauert es eine Weile. Endlich gelingt es ihm, die Tür zu öffnen. Als er sich auf den Sitz fallen lässt, schwankt das Auto knarzend hin und her.

Den Nebel kann man auch zu Ringen blasen. Muss toll sein, wenn man das kann. Sein Onkel Quique kann das. Er hat es mal gesehen, auf einem Geburtstag, und ist ganz baff gewesen, wie hypnotisiert. Als der Onkel es bemerkt hat, hat er ihn zu sich gerufen und gesagt, er solle die Ringe anfassen, was er auch versucht hat. Sie haben sich aufgelöst. Onkel Quique hat dann nicht mehr mit den Erwachsenen gesprochen, sondern Ringe für ihn geblasen. Onkel Quique ist so. Er weiß, wie Kinder sind. Schade, dass sein Vater gleich gesagt hat: »Ezequiel, du störst. Geh irgendwo spielen, wir Erwachsenen wollen uns unterhalten.« Und Aráoz ist gegangen.

Der Bahnhofsvorsteher steckt einen winzigen Schlüssel ins Armaturenbrett und dreht ihn um. Ein rotes Lämpchen leuchtet auf. Dann zieht er an einem Knopf, der weiter unten angebracht ist. Der Motor hustet, als hauche er mit jedem vergeblichen Startversuch das letzte bisschen Leben aus. Aráoz kann nicht Auto fahren und hat auch noch nie die Absicht gehabt, es zu lernen. Zu viel Anspannung, zu viel Zufall, zu viel Unwägbares, und alles nur, um von einem Ort zum anderen zu gelangen. Da lässt er sich lieber mitnehmen. Aber sein Dasein als ewiger Beifahrer hat ihn gelehrt, wie er sich in den entsprechenden Situationen zu verhalten hat. In diesem Augenblick zum Beispiel ist es angeraten, aus dem Fenster zu sehen, als führen sie längst durch eine Landschaft von atemberaubender Schönheit.

Es ist kalt. Er hat den Mantel an, der kratzt. So sehr kratzt, dass sich Aráoz, wenn er an diesen Abend denkt, unfreiwillig an den Hals fasst. »Rauchen ist was für Erwachsene, Kleiner.« Weiß ich doch, denkt Aráoz, sagt es aber nicht. Am besten, man schweigt, die Sachen gehen schneller vorbei, wenn man nichts sagt, wenn man nicht antwortet. Trotzdem spielt er weiter mit dem Nebelrauch, nutzt aus, dass keiner ihn beachtet.

Als der Anlasser einen letzten Seufzer von sich gibt, lässt Belaúnde von der Kurbel ab und legt beide Hände auf das riesige Lenkrad. Er seufzt. Aráoz übt sich in Zurückhaltung und verkneift sich jede Anspielung auf den Vorfall, weil sie nur zu Irritationen führen würde. Jemand anders hätte sich vielleicht zu einem »Springt er nicht an?« hinreißen lassen. Aber Aráoz ist nicht so blöd. Belaúnde trommelt mit den Fingern der rechten Hand auf dem Lenkrad. Was für Autos, diese Citroëns, denkt Aráoz. Er hat sie schon immer extravagant gefunden: das Rollladengeräusch des Motors, die Scheinwerfer wie Laternen alter Pferdedroschken, die ausladenden Kotflügel. Eine Kaulquappe oder ein seltsames Tier aus der Frühgeschichte. Nichts an diesem Auto ist wie an anderen Autos. Zum Beispiel die vorderen Seitenfenster, die man in der Mitte hochklappen kann und die einem, wenn man es am wenigsten erwartet, auf den Ellbogen fallen wie das Beil einer Guillotine; oder der Schaltknüppel, der aussieht wie ein vergessener Regenschirm.

Der Abend ist kalt und feucht, deshalb kommt bei allen Nebel aus dem Mund. Der Himmel muss voller Sterne sein, aber von dort, wo Aráoz steht, kann er ihn nicht sehen, weil die Flutlichter zu stark sind. Er kann ihn nur erahnen, ein dunkler Fleck über der Kälte. Links neben ihm steht sein Vater. Rechts Onkel Quique. So machen sie es immer im Stadion, wenn die Ränge voll sind. Und an diesem Abend sind sie proppenvoll, denn es geht gegen den Abstieg. Deshalb sind er, sein Vater, sein Onkel und seine Cousins Diego und Enrique da. Deshalb stehen die beiden Erwachsenen neben ihm wie Adjutanten, damit er nicht erdrückt wird.

Wieder seufzt Belaúnde. Vielleicht erwartet er von Aráoz, dass er etwas sagt, sich solidarisch zeigt, ihm zu verstehen gibt, dass er seine Sorge um die Zukunft teilt. Aber Aráoz hebt lieber den Blick in die Nacht und genießt eine weitere Eigentümlichkeit des Wagens: das aufklappbare Verdeck, über das sonst nur Luxusautos verfügen, wenn auch hier in einer Schwundversion. Er bedauert, keine Ahnung von Astronomie zu haben, denn am Firmament wimmelt es von Sternen.

Wieder ertönt das Krächzen des Anlassers. Aráoz denkt, dass dieser lange Lulatsch mit gutem Willen wettzumachen versucht, was ihm an Glück mangelt. Und doch springt der Wagen plötzlich an. Ein paarmal knallt es im Auspuff, der Geruch nach unverbranntem Benzin steigt Aráoz in die Nase. Die komplette Struktur des Vehikels wird durchgerüttelt, aber der Motor läuft. Mit gekonntem Pedalpumpen sorgt Belaúnde dafür, dass es auch so bleibt. Als er sich sicher ist, dass der Motor nicht ausgehen wird, tritt er die Kupplung und reißt mehrmals den Schaltknüppel vor und zurück, bis der erste Gang einrastet und der Citroën sich in Bewegung setzt.

Aráoz blickt nach links. Er kann Belaúnde kaum erkennen, weil sie in diesem Moment unter Pappeln hindurchfahren, deren Laub den Mond verdeckt, aber ihm scheint, als strahle er übers ganze Gesicht.

»Abgesoffen ist er, der Hund«, lautet die Diagnose. In Belaúndes Stimme schwingt die Zufriedenheit eines Kapitäns mit, der gerade den Unbilden der Elemente getrotzt hat.

»Hm«, meint Aráoz antworten zu müssen.

Seit einer Weile hüpfen die Leute auf und ab, die Holzbretter biegen sich. Doch Aráoz hat keine Angst, weil er weiß, dass sie nicht brechen werden. Beim ersten Mal hat er sich noch erschrocken, aber sein Vater hat gesagt, er brauche keine Angst zu haben, also hatte er auch keine Angst. Na ja, eigentlich hat er gesagt, er solle still sein, was nicht das Gleiche ist, trotzdem ist er still geblieben. Er hat gehorcht, weil er für sein Leben gern ins Stadion geht. Er liebt es, die Straßen entlangzulaufen, von zu Hause sind es bestimmt fünfzehn Blocks. Je näher sie dem Stadion kommen, desto mehr Leute stoßen dazu. Alle strömen in dieselbe Richtung. Das letzte Stück gehen sie auf der Straße, nicht auf dem Bürgersteig, und das empfindet Aráoz als ein richtiges Abenteuer. Wenn sie die Avenida überqueren, nimmt der Vater ihn bei der Hand. Auf der anderen Seite lässt er ihn wieder los. Dann geht Aráoz allein weiter, mitten auf der Straße. Obwohl er wie ein großer Junge behandelt werden möchte, hätte er sich gern noch weiter bei der Hand führen lassen. Es wäre schön, wenn sein Vater ihn öfter bei der Hand nehmen würde. Nicht nur, wenn sie die Avenida überqueren.

Sie schweigen eine Weile. Das Licht fällt schräg auf die Straße, weil nur der linke Scheinwerfer funktioniert. Außerdem scheint die Batterie fast leer zu sein: Wenn sie langsamer fahren und sich die Umdrehungszahl des Motors drosselt, wird das Licht schwächer und erlischt fast. Sobald sie wieder Fahrt aufnehmen, wird auch der Lichtstrahl wieder stärker, als wäre er ein Symbol der Hoffnung. Was für ein Glück, dass Belaúnde ihn mitgenommen hat. Wie lange sie wohl schon durch diese absolute Einsamkeit fahren? Offenbar denkt der Bahnhofsvorsteher das Gleiche, denn er fragt ihn direkt: »Hat Perlassi Sie versetzt? Wenn Sie das alles hätten zu Fuß gehen müssen …«

»Nein«, rappelt sich Aráoz auf. »Die Firma wollte jemanden schicken, aber der Blödmann ist nicht gekommen. Glauben Sie, dass noch Zimmer frei sind?«

»Da machen Sie sich mal keine Sorgen.« Sagt Belaúnde und fügt schnell hinzu: »Dann soll also tatsächlich ein Staudamm gebaut werden?«

Bis eben sind die Leute auf und ab gehüpft, aber jetzt sind alle nervös und still. Es steht null zu null, das würde reichen. Wenn es beim null zu null bleibt, sind sie »gerettet«. Aráoz weiß nicht, was das mit dem Abstieg bedeutet, oder doch, nämlich was Schreckliches. »Seit mein Junge geboren wurde, spielen wir in der ersten Liga«, hat er seinen Vater sagen hören. »Mein Junge«, das ist er, Aráoz. Es hat ihm gefallen, dass sein Vater das gesagt hat, weil er sich als eine Art menschliche Medaille gefühlt hat. Es hat wichtig geklungen, als wäre sein Vater stolz auf ihn. Aráoz ist nicht dumm, er weiß, dass er von Deportivo gesprochen hat, nicht von ihm. Aber er war trotzdem ein bisschen stolz, insgeheim.

Aráoz betrachtet den Fahrer. Er starrt auf die Straße, und seine grauen Haare flattern im Wind, der durchs offene Dach weht. Dann hat der Schaffner ihn also in das vermeintliche Projekt eingeweiht, als er ihn aus dem Büro geholt hat.

»Ja«, antwortet Aráoz. »Das erste Wasserkraftwerk in der Pampa, mit einer Staumauer von hundertfünfzig Metern Höhe.«

Er hebt die rechte Hand, um zu verdeutlichen, wie unglaublich viele Meter das sind. Belaúnde sieht ihn kurz an, aber genau in diesem Augenblick gerät das Auto auf den Seitenstreifen, und er muss sich wieder auf die Straße konzentrieren.

»Wahnsinn«, sagt er.

Aber wenn sie heute verlieren, steigen sie ab, und das wäre schlimm. Deshalb sind die Leute nervös und schweigen.

Stehen nur da. Immer wenn Lanús angreift, murmeln alle. Wenn im Stadion alle gleichzeitig murmeln, ist es, wie wenn ein Riese murmelt. Es ist richtig laut, bleibt aber trotzdem ein Murmeln. Seltsam ist das. Sie murmeln, weil sie Angst haben, denn wenn Lanús gewinnt, ist Lanús gerettet, und absteigen muss Deportivo Wilde. Und Deportivo darf nicht absteigen, denn sie sind alle Fans von Deportivo. Sein Vater, Onkel Quique, seine Cousins. Alle im Viertel. Auch er. Und wenn Deportivo absteigt, wird sein Vater nie mehr »seit mein Junge geboren wurde« sagen, und Aráoz will, dass er es weiterhin sagt.

Aráoz beschließt, Mitleid mit dem einfältigen Lulatsch zu haben, immerhin erspart er ihm einen strapaziösen Fußmarsch. Wenn der Eisenbahner aufhört mit seinen nervtötenden Versuchen, ihn in ein Gespräch zu verwickeln, und ihn einfach nur den Sternenhimmel betrachten lässt, wird er im Gegenzug aufhören, solche Ammenmärchen zu erzählen. Doch es vergehen keine zwei Minuten, da fängt Belaúnde wieder an.

»Bis wohin wird der See Ihren Berechnungen nach gehen?«

Also fühlt sich Aráoz im Recht, ihm seinen unschuldigen Frieden zu rauben. Mit der Präzision eines Mathematikers führt er aus, dass ein Siebtel der Provinz Buenos Aires unter Wasser liegen wird und dass im Süden die Gebirgsausläufer der Sierra de Tandil und der Sierra de la Ventana die Grenze markieren werden.

»Bis Tandil!« Belaúnde klingt nun ernsthaft besorgt.

»Bis Tandil«, bestätigt Aráoz nüchtern wie jemand, der eine schlimme Nachricht zu überbringen hat.

Katastrophe

Es scheint ihm angebracht hinzuzufügen – und er bedauert, dass es ihm nicht schon eingefallen ist, als er mit Larrosa auf dem Bahnsteig gesprochen hat –, dass bereits eine Abmachung mit der norwegischen Regierung besteht, eine Fährgesellschaft einzurichten, um die Ufer dieses riesigen Pampasees miteinander zu verbinden. Auch kann er der Versuchung nicht widerstehen, Belaúnde in vertraulichem, vage verschwörerischem Ton zu empfehlen, mit dem Kauf von Zement nicht bis zum Herbst zu warten, weil aufgrund der schwer einzuschätzenden Nachfrage im April, spätestens Mai der Preis an der Börse in die Höhe schießen wird.

Fünf Minuten vor Abpfiff tritt die Katastrophe ein. Wenn Aráoz sich daran erinnert, dann fällt ihm unweigerlich dieses Wort ein. Katastrophe. *Es bedeutet etwas Schwerwiegendes, Nichtwiedergutzumachendes. Er hat es gelernt, als in Tigre oder Pachecho dieses Zugunglück passiert ist. In riesigen Buchstaben hat es in der Zeitung gestanden. Katastrophe. Da war noch ein anderes Wort, aber daran kann er sich nicht mehr recht erinnern. Dass es noch fünf Minuten sind, weiß er, weil sein Cousin Diego gefragt und Onkel Quique »fünf« gesagt hat. Dann ist jetzt die vierzigste Spielminute, hat Aráoz gedacht. Fünfundvierzig minus fünf ist vierzig. Er ist gut im Kopfrechnen. Das sagt Señorita Graciela immer. Und seine Mama hat es neulich am Tisch erwähnt, schade, dass sein Vater kaum hingehört hat, weil er gerade ferngesehen hat. Macht nichts, jedenfalls kann er gut mit Zahlen umgehen, und bestimmt wird die Señorita es noch mal sagen, und vielleicht erwähnt es seine Mutter dann wieder, und sein*

Papa hört genau in dem Moment zu und beglückwünscht ihn.

»Überlegen Sie nur … Bei so einer Betonmauer«, schließt Aráoz, »da wird der Sack Zement eine Menge kosten.«

»Natürlich … Das kann ich mir denken …«

Beide nicken, teils, weil sie wegen des drohenden Preisanstiegs für Zement ganz einer Meinung sind, teils, weil die Federung des Citroëns sie bei jedem Schlagloch dazu zwingt. Danach schweigen sie, bis kurz darauf Belaúnde die Geschwindigkeit drosselt.

»Soll ich Sie hier absetzen?«

Aráoz zieht sich am Rahmen der Windschutzscheibe hoch und steckt den Kopf durchs Dach, weil das Seitenfenster so verdreckt ist, als wäre es mit Teer gestrichen.

Tragödie. Das ist das andere Wort. Das, was in der Zeitung stand, nach dem Zugunglück. Aber Aráoz findet das erste Wort beeindruckender. Deshalb fällt ihm »Katastrophe« ein, wenn er daran denkt.

Die Katastrophe nimmt ihren Lauf, als der Torwart von Lanús eine schlecht geschlagene Flanke klärt. Er klärt sie mit dem Fuß, der Ball fliegt nicht sehr hoch, aber weit, bis zum Mittelkreis. Alle auf der Tribüne gucken und murmeln, weil dort ein gegnerischer Spieler steht, der nur auf den Ball gewartet hat. Wilde wird auf dem falschen Fuß erwischt. Nur ein Verteidiger kann den Stürmer jetzt noch stoppen. Und am allerschlimmsten ist, dass dieser Stürmer der Tanque Villar ist. Deshalb sagt sein Cousin Enrique: »Jetzt sind wir am Arsch.«

Sie stehen an einer Gabelung, an der die vom Bahhnof kommende Straße, die trotz ihrer Mängel die Hauptstraße ist, und eine vermutlich asphaltierte Nebenstraße, die sich nach rechts in der Finsternis verliert, sich treffen. Auf der anderen Seite der Gabelung liegt eine dieser uralten Tankstellen mit Betondach, zwei Zapfsäulen und einem Büro mit Glasfront. Über der Einfahrt hängt ein Schild mit dem Logo von YPF auf weißem Grund mit himmelblauer Umrahmung. Aráoz fragt sich, seit wann diese Schilder nicht mehr produziert werden, seit fünfundzwanzig Jahren vielleicht?

Dieser Teil des Gebäudekomplexes liegt vollkommen im Dunkeln. Neben dem Büro ist eine Raststätte, eine Art Fernfahrerrestaurant mit großen geteilten Glasfenstern und niedrigen Fensterbrettern, die von einer Markise überdacht werden. Dicke Vorhänge verwehren den Blick, lassen aber erahnen, dass drinnen Licht brennt. Da ist noch jemand, tröstet sich Aráoz.

Aráoz kennt alle Spieler von Deportivo. Der Verteidiger, der es mit dem Tanque Villar aufnehmen muss, ist Mancebo. Jemand, der nicht seinen Expertenblick hat, könnte ihn auch für Alcántara halten, aber Aráoz weiß, dass Alcántara vor zwei Monaten an Huracán verkauft worden ist. Also muss es Mancebo sein. Aber es ist sowieso egal, wer es ist, denn die Namen dieser Spieler werden in Vergessenheit geraten wie trockene Blätter im Herbst, die man zusammenfegt und verbrennt, bevor der Regen kommt und sie auf dem Gehweg vermodern. Niemand wird diese Namen zu Gebeten formen, die älter gewordene Fußballfans mit leuchtenden Augen sprechen, wenn sie ruhmreiche Zeiten heraufbeschwören. Niemand wird sich erinnern wollen an diese Versager, die abgestiegen sind. Nur an einen werden sie sich erinnern. Ein Name wird ihnen im Gedächtnis bleiben.

»Das ist O'Connor?«

»Ja. Na ja, hier fängt es an. Das ist die Tankstelle, von der ich gesprochen habe, mit der Raststätte, wo sie ein Zimmer kriegen können. Den asphaltierten Weg entlang Richtung Lagune kommen noch das Getreidesilo und ein, zwei Hütten. Der Rest liegt auf der anderen Seite, immer der Hauptstraße nach, etwa zwei Kilometer von hier. Wenn Sie möchten, fahre ich Sie auch ins Zentrum.«

Weder Mancebo noch sonst ein Verteidiger kann den Tanque aufhalten, und das wissen auf der Tribüne alle. Deshalb hat sein Cousin Enrique gesagt, was er gesagt hat. Weil er bullig und schnell ist. Der Tanque, nicht sein Cousin. Und weil er was draufhat. Einiges draufhat. Später werden sie ihn sogar nach Europa verkaufen. Jedenfalls stoppt er den Ball mit der Brust, und als Mancebo, der arme Kerl, ihn aufhalten will, setzt der Stürmer seine vollen hundert Kilo ein, so dass der Verteidiger auf dem Hosenboden landet. Dann nimmt er mit dem Ball am Fuß Fahrt auf in Richtung des wehrlosen Torwarts.

In diesem Moment ist Mancebo aus den Geschichtsbüchern gestrichen. Dort ist kein Platz für ihn, schon gar nicht für sein Gefuchtel einer zusammengesunkenen Marionette. »Foul!«, schreit jemand einige Stufen oberhalb von Aráoz. Schreien wäre zu viel gesagt, es ist eher

Perlassi

das lustlose Rufen von jemandem, der genau weiß, dass es nicht stimmt.

Da ertönt noch ein Schrei. »Perlassi, du bist der Größte!« Er kommt nicht von oben, sondern von unten, aber das ist egal, denn was er gerade gerufen hat, denken alle. In diesem Schrei schwingt tatsächlich Hoffnung mit. »Perlassi.« Dieser Name wird bleiben. Perlassi. Als Einziger.

Aráoz verspürt den boshaften Drang zu fragen, was dieser Dorfbewohner denn mit »Zentrum« meine, verkneift es sich aber. Er ist genau da, wo er hinwollte. Im Dunkeln ist kaum etwas zu erkennen. Rechts, dieser Fleck in der Ferne, das könnte das Getreidesilo sein.

Perlassi kommt von rechts. Niemand begreift so richtig, wieso er an diesem Abend dort spielt. Dort ist nicht sein angestammter Platz, er spielt sonst im zentralen defensiven Mittelfeld, als Nummer fünf. Auf der Tribüne hat sich bis jetzt niemand beschwert. Über Perlassi beschwert man sich nicht. Das ist für Aráoz so sicher wie das Amen in der Kirche. Jeden anderen Spieler von Deportivo kann man von den Rängen aus beschimpfen. Jeden außer Perlassi. Perlassi haben sie es zu verdanken, dass sie da sind, wo sie sind. Ihm haben sie es zu verdanken, dass sie aufgestiegen sind. Ihm haben sie es zu verdanken, dass sie sich in der ersten Liga halten konnten. Würde Perlassi in einem großen Verein wie River oder Boca spielen, hätte er einen Stammplatz in der Nationalelf. Das weiß Aráoz, weil er genau zuhört, wenn über Fußball gesprochen wird.

Er nickt zum Abschied und versucht, die Tür des Citroëns zu schließen, aber das Scharnier ist so starr, dass nur die Füllung gegen den Rahmen stößt. Er macht sie noch einmal auf, um sie mit Schwung zuzuschlagen. Diesmal knallt sie scheppernd ins Schloss. Aráoz kommt sich blöd vor. Immer braucht er zwei Versuche, um eine Tür zu schließen. Beim ersten Mal setzt er zu wenig Energie ein, und beim zweiten Mal hat es den Anschein, als wolle er das Auto demolieren. Er vertreibt sein Schamgefühl, indem er Richtung Gebäude davongeht, noch bevor der Eisenbahner losgefahren ist. Hinter sich hört er das Rattern des Autos, das sich auf der Hauptstraße entfernt. Er geht zu der Raststätte, hinter deren Fenstern Licht schimmert, und klopft an die Tür.

Er hat ein Poster. Ein Poster von Perlassi. Aus El Gráfico. *Er hat so eines im Zimmer seiner Cousins an der Wand hängen sehen, und Onkel Quique hat es ihm geschenkt. Eigentlich hat er erst seinen Papa gebeten, es ihm zu kaufen, aber der hat Nein gesagt. In Wirklichkeit war es noch schlimmer, weil er nämlich gesagt hat: »Solange du dich nicht wie ein Mann benimmst, kannst du dir das aus dem Kopf schlagen.« Vor allen Leuten hat er das gesagt. Sicher, Aráoz hat auch vor allen Leuten darum gebeten, da hat sein Vater eben vor allen Leuten geantwortet, jedenfalls ist er sich vorgekommen wie ein kleiner Junge, wie ein Idiot. Onkel Quique hat nichts gesagt, aber er hat ihn hinterher zu sich gerufen, ihm eine doppelt gefaltete Seite aus einer Zeitschrift in die Hand gedrückt und gesagt: »Schau's dir lieber später an, sonst rappelt's hier gleich wieder im Karton.« Aráoz hat sofort kapiert und das Geschenk unter seinen Pulli gesteckt und es erst wieder rausgeholt, als er allein in seinem Zimmer war. Eine Zeitlang hat er das Poster in einer Schublade im Kleiderschrank aufbewahrt und es nur nachts angesehen, wenn seine Eltern schon im Bett lagen.*

Das Foto ist tagsüber gemacht worden, im Stadion. Im Hintergrund sieht man das Schild von Bols Gin und noch weiter hinten die Holztribüne, wo sie immer stehen, nur dass auf dem Foto die Ränge leer sind. Perlassi hat die komplette Vereinsmontur an. Das Trikot, die Hose, die Stutzen, alles. Die Stollenschuhe. Er lächelt mit weit geöffnetem Mund, damit man das Lächeln hinter seinem Schnauzbart, den Koteletten und der wilden Mähne überhaupt sieht. Man merkt, dass er zufrieden ist. Wenn Aráoz abends das Foto ansieht, stellt er sich vor, dass Perlassi ihm zulächelt. Und dann erwidert er das Lächeln mit einem genauso breiten Lächeln.

»Herein …« Die Stimme, die auf sein Klopfen hin von jenseits der Glastür ertönt, klingt ganz natürlich, als wäre es in dieser Gegend das Normalste der Welt, um elf Uhr abends Besuch zu empfangen.

Aráoz drückt die Tür ungeschickt auf, weil er in jeder Hand eine Reisetasche hält, und findet sich in einem großen Raum wieder, mit zehn Tischen, die Decken kariert, und je vier Stühlen. Auf der Seite zur Tankstelle hin öffnet sich ein Bogen mit einer großen Verkaufstheke, hinter der wiederum die Küche zu liegen scheint. Links vom Eingang sind drei niedrige Sessel zu einer quadratischen Sitzecke gruppiert, deren offene Seite von einem gigantischen Fernseher ergänzt wird. In einem der Sessel sitzt der Mann, der ihn hereingebeten hat, und hebt zum Gruß die Hand, ohne den Blick vom Bildschirm zu lösen.

Wenn er mal groß ist, will er so sein wie Perlassi. Ein Fußballprofi, der viel Geld verdient. Nicht wie sein Vater, der sich im Büro abrackert, ohne auf einen grünen Zweig zu kommen. Das hat seine Mutter mal gesagt. Nicht sein Vater. Einmal nur hat die Mutter es gesagt, und der Vater ist böse geworden. Aráoz will sich lieber nicht daran erinnern, denn die Szene war schlimm.

Fußballspieler will er werden, aber noch ist es ein Geheimnis, das er niemandem anvertraut hat. Dabei trainiert er schon. Jeden Tag im Hof, nach den Hausaufgaben. Wenn er fünfzehn oder sechzehn ist, will er zum Probetraining bei Deportivo gehen, und die werden ihm einen Vertrag geben. Dann wird er Stammspieler sein, auf seiner Lieblingsposition im zentralen Mittelfeld, der Fünf. »Centrojá« nennen Onkel Quique und sein Papa die Fünf. Er weiß nicht, wieso die Erwachsenen sie so nennen. Seine Cousins nicht, seine Cousins sagen »Fünf«. Trotzdem versteht man es leicht. »Centrojá« ist die Fünf, »Win derecho« ist die Sieben, »Fulbá« ist die Zwei oder die Sechs. Man versteht es auch so.

»Gu… Guten Abend.« Aráoz stolpert über seinen eigenen Gruß, als hätte ihn die träge Gastfreundschaft des Hausherrn aus der Fassung gebracht.

»'n Abend.«

Der Mann hat weiterhin den Arm erhoben, aber nicht mehr zum Gruß, sondern weil er wie gebannt verfolgt, was auf dem Bildschirm passiert, und für nichts und niemanden auch nur ein Quäntchen Aufmerksamkeit übrig hat. Aráoz, der begriffen hat, dass er unter die Kategorie »nichts und niemand« fällt, stellt seine Taschen ab und nähert sich den Sesseln.

»Da, das ist die beste Stelle«, sagt der Mann und zeigt auf den Fernseher. »Dass eine Frau so gucken kann ...!«

Seine Stimme klingt so verträumt, so tief und ehrlich verzückt, dass es Aráoz ein bisschen peinlich ist. Auch er sieht nun auf den Bildschirm. Die Schauspielerin ist Julia Roberts. Sie steht auf einem Podium vor unzähligen Mikrofonen, richtet den Blick auf jemanden, der sich in der Schar der Journalisten versteckt. Aráoz hat diesen Film schon mal gesehen. Der Hauptdarsteller, der sich nach und nach aus dem Wirrwarr nichtssagender Gesichter schält, ist ein hellhäutiger Typ mit blauen Augen, Aráoz kennt ihn aus diversen Filmen. Tom Hanks? Nein. Der ist es nicht.

Er will linker Außenverteidiger werden. Wie Perlassi. Natürlich wird er ihm nicht den Platz wegnehmen, bestimmt nicht. Er wird warten, bis Perlassi seine Karriere beendet hat. Aráoz ist ja noch klein. Bis er so weit ist, hat Perlassi sich längst zurückgezogen. Später werden sie über ihn genauso reden wie über Perlassi, weil er jeden Ball abfangen, Traumpässe auf die Stürmer spielen und eine Menge Kopfballtore erzielen wird. Das Publikum wird klatschen wie verrückt, und wenn er sein Team auf den Platz führt – er wird nämlich auch Kapitän sein –, wird er zum Gruß beide Arme heben, wie Perlassi. Und der beste Spieler der gegnerischen Mannschaft wird nach der Partie sein Trikot mit ihm tauschen wollen, womit er einverstanden sein wird, und dann wird er noch mal grüßen, kurz bevor er im Tunnel verschwindet, mit nacktem Oberkörper, in der Hand das zerknüllte Trikot des gegnerischen Spielers, das er zur Erinnerung behält.

»Jetzt kommt gleich das Lied …«

Der Mann tut so, als hätte Aráoz ihn um Erläuterungen gebeten. Wieder hat er die linke Hand erhoben, wie vorhin bei der Begrüßung, aber diesmal senkt er sie langsam, führt Daumen und Zeigefinger zusammen wie ein Orchesterdirigent, der gleich einen Einsatz geben wird. Genau in dem Augenblick, in dem er seine Handbewegung nach unten stoppt, ertönen ein Klavier und eine männliche Stimme, die auf Englisch singt. Aráoz sieht, dass die Augen des Alten feucht werden und lächeln. Er richtet seinen Blick auf den Bildschirm. Wie heißt nur dieser Schauspieler? Es ist ein Engländer. Kein Amerikaner, sondern ein Engländer. In den folgenden Szenen sieht man, wie Julia Roberts und der hellhäutige Kerl in der Öffentlichkeit Händchen halten, sich küssen, in einem Garten heiraten und tanzen. Mehrere Male sehen sie sich verzückt an, während ein Rudel von Fotografen sie ablichtet. Aráoz kommt zu dem eindeutigen Schluss, dass diese Frau schön ist und, ja, dass er dieser Frau diesen Blick nur schwer abkauft. Im Hintergrund ertönt immer noch das Lied, zu dem Klavier haben sich Streicher gesellt.

Als Stammspieler bei Deportivo Wilde muss Perlassi auch ab und zu, wirklich nur ab und zu, hart einsteigen. Er foult aber nur, wenn ihm nichts anderes übrig bleibt. Und danach wartet er, bis der Stürmer wieder auf den Beinen ist, und bittet ihn um Entschuldigung. Foulen ist was Schlimmes.

»Eine Sekunde, ich bin gleich bei Ihnen.«

Der Mann erhebt sich mühsam aus dem Sessel. Erst jetzt bemerkt Aráoz, dass er schon etwas älter ist, denn bis dahin hat er zwar Gesicht und Hände gesehen und die Stimme gehört, aber die sind jung, während die Knochen und Gelenke doch schon ein gewisses Alter verraten. Den Blick auf den Bildschirm gerichtet, lächelt der Mann nach wie vor.

»Wie schön! Das dürfen Sie sich nicht entgehen lassen«, rät er Aráoz, und schon wieder lächeln seine Augen.

Na ja, so schlimm ist Foulen im Fußball nun auch wieder nicht. Außerdem sagt Onkel Quique, dass Perlassi selbst darin ein Meister ist. »Wie aus dem Lehrbuch«, sagt er immer, wenn Perlassi seine Sache gut macht. Aráoz weiß nicht, um welches Lehrbuch es sich handelt, aber er wird sein ganzes Geld sparen, um dieses Buch zu kaufen, aus dem man lernen kann, wie Perlassi spielt. Aber er hat auch durchs viele Zugucken einiges gelernt und im Hof geübt. Man muss den Ball ansehen. Immer den Ball, nicht die Beine des Gegners, weil die antäuschen und einen in die Irre führen können. Man muss den Ball ansehen. Und man muss mit beiden Beinen einschreiten können, mit rechts und mit links. Wenn einem doch mal ein Gegner entwischt, muss man ihn umsensen. Und dann ruhig stehenbleiben und warten, bis er wieder aufsteht, und ihn um Entschuldigung bitten. So macht es jedenfalls Perlassi, und so ist Fußball. Da darf man sich nicht aufregen. Vielleicht kriegt man eine Gelbe Karte, vielleicht nicht. Denn vor Perlassi haben selbst die Schiedsrichter Respekt. Auch wenn er in keinem großen Club wie Independiente oder Boca spielt, wird er doch respektiert, weil er ein Großer ist. Das sagt jedenfalls sein Papa immer, und dann leuchten seine Augen. Aráoz weiß es ganz genau, weil seine Augen sonst nie leuchten. Und deshalb will Aráoz so sein wie Perlassi, damit sein Vater ihn so ansieht: mit leuchtenden Augen.

Aráoz, der seine Taschen bereits vom Boden genommen hat, stellt sie wieder ab. Der Schauspieler mit dem jugendlichen Gesicht sitzt auf einer Parkbank und liest. Julia Roberts' Kopf ruht auf seinem Schoß, ihr Blick ist zum Himmel gerichtet, ihre Beine liegen auf der Bank und ihre Hände schlaff auf dem Ansatz eines Babybauchs. Ihr Gesicht strahlt tiefe Zufriedenheit aus, wunschloses Glück. Aráoz versteht, warum dem Alten die Szene so gefällt. Und auch, warum er selbst sie so scheußlich findet, dass er sich sogar abwendet. Dann hört er ein klickendes Geräusch. Der Alte hat die Fernbedienung gedrückt und hält sie in die Höhe wie eine gerade abgefeuerte Waffe.

»So. Wie kann ich Ihnen helfen?«

»Ich suche Fermín Perlassi.«

»Oh, hätten Sie mal Bescheid gesagt. Da müssen Sie sich schon hinten anstellen, außer Ihnen wollen ihn nämlich noch hundert andere sprechen.«

»Ach ja?«

Aráoz ist zu aufgewühlt, als dass ihm eine intelligentere Frage eingefallen wäre.

»Ja, mein Freund. Hinter Perlassi sind mehr Leute her als hinter einem Greckslos. Sind Sie Geldeintreiber?«

»Nein, nein … Aber, dann lebt er also hier?«

»Hm.«

Der Mann geht zu dem Bogen, der zur Küche führt. Er betätigt einen Schalter, und plötzlich wird der Raum in das kalte Licht mehrerer Neonröhren getaucht.

»Hier in O'Connor …«

Aráoz will um jeden Preis sicherstellen, dass er da ist, wo er hinwollte, aber er befürchtet, der Alte könnte sich langsam fragen, ob er noch alle Tassen im Schrank hat.

»Aber ja … mein Freund … Das habe ich Ihnen doch schon gesagt … Hier in O'Connor oder, besser gesagt, genau da, wo Sie jetzt stehen. Die Tankstelle gehört nämlich ihm, nur dass er gerade nicht da ist.«

»Dann ist er wohl im Dorf …«

Der alte Mann zieht die Brauen hoch und mustert Aráoz mit einem Funken besorgten Mitleids im Blick.

»Das Dorf besteht praktisch nur aus dieser Tankstelle. Zumindest ist das hier die alte Zufahrt. Ganz in der Nähe ist das Getreidesilo La Metódica und noch ein Stückchen weiter die Lagune. Aber Perlassi wohnt hier. Das hier gehört ihm.«

»Aber … Ist er denn nicht da?«

»Nein.« In der Stimme des alten Mannes schwingt ein Das-habe-ich-doch-gerade-gesagt mit. Aber nur ganz leicht, dann fügt er hinzu: »Es ist nämlich so, dass er alle paar Monate auf Kundensuche geht. Lkw-Betriebe.

Um ihnen Benzin zu verkaufen. Andernfalls wäre hier schnell Schicht im Schacht, verstehen Sie?«

»Ah … Ich wusste nicht, dass er Probleme hat.«

Der alte Mann, der gerade leere Gläser in eine Ecke der Theke stellt, sieht ihn an mit einem Ausdruck von Probleme-ist-noch-weit-untertrieben.

»Wissen Sie, wann er wiederkommt?«

»Warum suchen Sie ihn überhaupt? Schuldet er Ihnen Geld?«

Aráoz denkt kurz nach, bevor er antwortet. Zum ersten Mal meint er, hinter dem leutseligen Ton seines Gegenübers einen Anflug von Misstrauen zu entdecken. Und wenn ich den Scherz mit dem Staudamm anbringe?, fragt er sich. Er verwirft die Idee wieder. Dieser Mann ist alles andere als dumm. Er muss anders vorgehen.

»Nein, wo denken Sie hin. Ich bin Journalist und möchte einen Artikel über ihn schreiben. Eine Reportage.«

Der alte Mann runzelt die Stirn, aber nicht vor Ärger, sondern vor Verwunderung.

»Journalist? Da weiß ich gar nicht, was ich davon halten soll. Perlassi sagt immer, Journalisten sind ein Idiotenpack, verzeihen Sie den Ausdruck.«

Wieder weiß Aráoz nicht, was er sagen soll. Er schluckt.

»Hm … Kommen oft Journalisten hierher?«

Der Alte lacht laut auf.

»Ha! Nein! Wozu auch? Perlassi ist halt so ein alter Knochen, der sich gern mal aufspielt, ein bisschen aufplustert, wissen Sie …«

Warum rennt Perlassi dem Tanque nur hinterher? Warum foult er ihn nicht? Wenn er ihn jetzt nicht umsäbelt, holt er ihn nie mehr ein. Der Tanque ist schon zu weit voraus und weiß seinen Körper gut einzusetzen. Wäre es ein Duell eins gegen eins, dann vielleicht, denkt Aráoz, während ihm Nebel aus der Nase kommt und seine Augen vor Kälte tränen. Aber einfach nur hinterherrennen nützt nichts, dann erwischt er ihn nie. »Worauf wartet er?«, fragt jemand hinter Aráoz, seinem Vater, seinem Onkel und seinen Cousins. Niemand reagiert, weil alle sich das Gleiche fragen. Und keiner kennt die Antwort.

Der Alte kommt hinter der Theke hervor und setzt sich an den erstbesten Tisch. Obwohl er Aráoz nicht dazu aufgefordert hat, setzt der sich dazu.

»Kennen Sie ihn schon länger?«

»Ich? Perlassi?«, schnaubt der Alte. »Seit ewig. Ich bin hier aufgewachsen. Und Perlassi auch. Wir sind beide aus O'Connor. Damals war O'Connor noch ein richtiges Dorf.«

»Dann sind Sie also Freunde?«

»Na, na, mal halblang, mein Freund. Ich habe nur gesagt, dass ich ihn schon ewig kenne. Dass mit der Freundschaft haben Sie gesagt.«

Aráoz ist verwirrt.

»Nein … ja … na ja, ich dachte nur, weil Sie doch hier bei ihm arbeiten.«

»Schon«, räumt der Alte müde ein, »aber manche Wörter sind eben nicht so ohne. Jemanden ›kennen‹ zum Beispiel. Oder ›ein Freund sein‹ von jemandem. Ich weiß nicht. Manchmal kommt es mir so vor, als ob man das nicht mal von sich selbst behaupten kann. Finden Sie nicht auch?«

Aráoz nickt. Ja, das findet er auch. Von einem Moment auf den anderen schlägt seine Stimmung um. Was macht er überhaupt hier? In diesem verlassenen Nest? Bei diesem Mann, der sich als Philosoph aufspielt?

Es ist verständlich, dass Perlassi den Ball nicht von hinten weggrätscht, denn wenn er ihn dabei nicht erwischt, ist der Tanque durch. Aber wenn das keine Option ist … Warum senst er ihn dann nicht einfach um? Ist ihm nicht klar, dass der Tanque in sechs Sekunden, in vier Schritten, in den Strafraum eindringen wird, so dass ein Foul automatisch Elfmeter bedeutet? Was ist nur mit Perlassi los?

»Dann haben Sie also keine Ahnung, wann er wiederkommt.«

»Neiiin.« Der alte Mann zieht das I in die Länge, als wolle er damit bekräftigen, dass er es nicht weiß. »Keine Ahnung. In vier, fünf Tagen, höchstens einer Woche. Aber das weiß man bei ihm nie so genau. Er sagt nie Bescheid, wo er sich gerade rumtreibt, und zu erreichen ist er auch nicht.«

»Aha. Hat er denn kein Handy?«

»Ha! Ein Handy!« Erneutes Gelächter. Aráoz fällt auf, dass sich der Alte schon zum zweiten oder dritten Mal kaputtlacht, allmählich kommt er sich vor wie ein Idiot. »Wo denken Sie hin? Offenbar kennen Sie Perlassi nicht. Bevor der so einen Apparat benutzt, schickt er eher eine Brieftaube. Er hasst diesen technischen Krempel. Ich persönlich glaube, er kapiert einfach nicht, wie diese Dinger funktionieren, und wenn Perlassi etwas nicht kapiert, wird er fuchsig. Verstehen Sie?«

Aráoz presst vor Ärger die Lippen zusammen und sieht auf seine Uhr, als würde sie Tage anzeigen und nicht Stunden und Sekunden. Eine Woche, hat der alte Mann gesagt?

»Wenn Sie mir Ihre Adresse geben wollen … Vielleicht erwische ich ihn in einem guten Moment, wenn er wieder da ist, und er ruft Sie an oder schreibt Ihnen.«

Der letzte Satz klingt in Aráoz' Ohren wie: Wenn zufällig bis nächsten Dienstag der Halley'sche Komet vorbeifliegt, könnte es sein, dass Perlassi anruft. Er atmet tief durch und kratzt sich am Kopf, was er immer tut, wenn er Zeit gewinnen will. Da hat er eine Idee. Ein Impuls hat ihn hierhergeführt. Wieso nicht einem weiteren Impuls folgen, bevor er sich geschlagen gibt? Außerdem … Hat er es etwa eilig? Wartet irgendwer auf ihn?

»Das kann nicht wahr sein.« Aráoz erkennt die Stimme von Onkel Quique, und diese Stimme hat sich plötzlich verdüstert. Obwohl Aráoz erst acht ist, begreift er, was der Onkel sagen will. Der Onkel denkt nicht, dass nicht wahr ist, was gerade passiert, dass es nur ein Albtraum ist. Vielmehr sagt der Onkel, dass das, was gerade passiert, schrecklich ist, nicht zu verkraften für die Seele, und deshalb denkt die Seele der Leute lieber, dass nicht wahr sein kann, was gerade passiert. Manchmal leidet die Seele sehr. Aráoz weiß das, weil ihm das auch schon so gegangen ist. Manchmal.

»Ein, zwei Tage könnte ich hier auf ihn warten, wenn es Ihnen nichts ausmacht … Hätten Sie vielleicht ein Zimmer? … Ich meine …«

»Tjaaa ...«, sagt der alte Mann, »ein Zimmer habe ich schon ...« Aber zu keinem Zeitpunkt verändert er sein Ich-glaube-nicht-dass-Sie-das-wirklich-wollen-Gesicht.

»Na gut.« Aráoz beschließt, seine letzte Karte auszuspielen. »Heute ist Montag. Ich könnte bis Donnerstag oder Freitag auf ihn warten, vielleicht ... Wann ist er losgefahren?«

»Was? Vorgestern. Allerdings nach Río Cuarto oder noch weiter. Womöglich verschlägt es ihn bis nach Embalse oder Alta Gracia.«

»Na, da gibt er seinem Auto ja ganz schön Stoff ...«

»Was für ein Auto, junger Mann? Er ist per Anhalter unterwegs. Ein Lastwagen hat ihn bis Rufino oder Venado Tuerto mitgenommen, und von dort musste er dann weitersehen. Perlassi kann gar nicht Auto fahren. Er hasst Autos ...«

Der alte Mann hält inne, als hätte er Angst, sich zu verplappern.

»Was Sie nicht sagen ...«

Aráoz hätte ihn gern dazu ermuntert, noch ein bisschen mehr über Perlassi zu plaudern. Noch hat er nicht gelernt, dass dieser alte Mann reden kann wie ein Wasserfall – wenn er will. Der Alte sieht ihm in die Augen, sagt aber kein Wort mehr. Aráoz ist das Schweigen unangenehm, also steht er auf und klopft sich auf den Geldbeutel, den er in der hinteren Hosentasche trägt.

»Sagen Sie mir, was ich Ihnen für das Zimmer schuldig bin.«

Der Alte hebt die Hand und steht auf.

»Immer mit der Ruhe. Sehen Sie sich das Zimmer erst mal an, ich will keine Beschwerden hinterher. Das hier ist kein Palast, und das Zimmer ist eher schlicht. Sauber, aber schlicht. Sehen Sie sich's erst mal an.«

»Er wird doch nicht so blöd sein, einen Elfmeter zu riskieren.« Auch das hört Aráoz. Gleich nach dem »Das kann nicht wahr sein«, während der Spielzug weiterläuft. Der Spielzug ist noch nicht zu Ende. Wie lange kann er noch dauern? Wie lange braucht der Tanque, um mit Perlassi an den Fersen über den halben Platz von Deportivo Wilde zu spurten? Aráoz stört, dass sein Held als Idiot bezeichnet wird, wenn auch hinter vorgehaltener Hand. Ist es denn nicht verboten, Perlassi zu beschimpfen? Ihn einen Idioten zu nennen heißt doch, ihn zu beschimpfen.

Sie verlassen die Gaststätte durch den Haupteingang. Kaum ist die Tür zu, fühlt sich Aráoz wie in einem tiefen Loch, so finster ist die Nacht. Sie gehen um einige Schmierölfässer herum und an den Zapfsäulen vorbei. Aráoz fragt sich, wie viele Autos wohl diese Straße im Nirgendwo befahren. Als sie an der Toilettentür vorbeikommen, streckt der Alte eine Hand aus und macht Licht an. Aráoz blickt in einen schlauchartigen Raum. Am Eingang ist ein Waschbecken, am anderen Ende eine Toilette und auf halber Strecke ein Pissoir. Dann gehen sie hinter das Gebäude, wo es noch dunkler ist. Aráoz überlegt, ob sie vielleicht unter Baumkronen stehen. Er hört einen Schlüsselbund klimpern, dann das Geräusch eines Schlosses und schließlich einen Stoß gegen die Tür, die blechern aufspringt. Sein Gastgeber tritt ein und macht Licht. Wie angekündigt ist das Zimmer schlicht. An der einen Wand steht ein Bett, an der anderen ein einfacher Tisch mit Stühlen. Neben der Tür ist ein Fenster, dessen Jalousie geschlossen ist. Die Luft riecht etwas abgestanden. Trotzdem gefällt Aráoz das Zimmer.

»Machen Sie die Tür zu, sonst fliegen alle möglichen Viecher rein«, sagt der Alte, ohne ihn anzusehen. »Wie gesagt, das ist eher eine Absteige.«

Wenn er daran denkt, wie er bis vor sechs Monaten gewohnt hat, ist das Zimmer tatsächlich geschmacklos. Aber wenn er es mit dem Zustand seiner Wohnung in letzter Zeit vergleicht, ist es geradezu fürstlich, weil sauber und ordentlich. Außerdem ist jeder Vergleich eh müßig, da er seine Vergangenheit am liebsten einmauern würde.

»Mir gefällt's. Was bin ich Ihnen schuldig?«

Der Alte wirkt verwundert über diese rasche Entscheidung.

»Fünfundzwanzig. Fünfundzwanzig Pesos die Nacht.«

»Okay«, sagt Aráoz und kommt sich ein bisschen blöd vor, weil er zu einem Mann »okay« gesagt hat, der wie ein tumber Bauer wirkt.

Tack, *hört Aráoz mitten in die Grabesstille hinein. Eine Stille, die aus vielen kleinen Rauchwölkchen besteht. Er blickt seinen Vater an und begreift, dass der sich gerade auf die Stirn geschlagen hat. Als er wieder zum Spielfeld sieht, hat der Tanque gerade die Kalklinie passiert. Der Tanque ist jetzt im Strafraum. Aráoz fällt auf, dass er zum ersten Mal mitbekommen hat, wie sein Vater sich selber schlägt.*

Der Alte dreht sich um und geht zur Tür. Als seine Hand schon auf der Klinke liegt, sagt er: »Das Licht im Bad lasse ich Ihnen an. Sie wissen doch noch, wo es ist, oder? Wenn Sie mitten in der Nacht aufs Klo müssen, hauen Sie sich sonst noch den Dez an, man sieht rein gar nichts.«

»Den Dez anhauen.« Diesen Ausdruck hat Aráoz schon ewig nicht mehr gehört, und er freut sich darüber. Er geht zur Tür und streckt die Hand aus, um die Taschen aufzuheben, die fast auf der Schwelle stehen, aber der Alte deutet die Geste als Aufforderung zum Händeschütteln und gibt ihm, nach einem kurzen Zögern, die linke.

»Lépori mein Name. Stets zu Diensten.«

»Aráoz. Sehr erfreut. Soll ich gleich bezahlen?«

»Nein, nein. Nicht nötig. Sie können morgen zahlen, bevor Sie aufbrechen. Ich schlafe drüben, falls was ist.«

»Danke. Und wenn Perlassi anruft …«

»Was?« Der Alte scheint den Grund seines Besuchs vergessen zu haben. »Ach so, ja, natürlich. Wenn er anruft, sage ich ihm, dass ein Journalist ihn sucht. Wer schickt Sie eigentlich? Eine Zeitung, ein Radiosender?«

Aráoz denkt kurz nach.

»*El Gráfico*.«

»Die Fußballzeitschrift also. Na, gute Nacht.«

»Gute Nacht.«

Der Alte zieht die Tür mit Schwung zu, als wäre sie verzogen und schwer zu schließen.

Einen Augenblick lang versperrt ihm der Kopf des Mannes, der eine Stufe tiefer steht, die Sicht. Eigentlich ist es nicht der Kopf, sondern der rechte Arm oder, noch genauer, der Unterarm und der Ellbogen, weil der Mann sich ungläubig an die Stirn fasst. Aráoz stellt sich auf die Zehenspitzen, um etwas zu sehen. Der Torwart ist gerade zwei Schritte auf den Tanque zugelaufen, um ihm den Winkel zu verkürzen. Der Tanque wiederum legt sich den Ball ein letztes Mal vor, ein Stückchen rechts von seinem Fuß, damit das Bein die perfekte Schwungbahn für den Schuss bekommt. Perlassi ist hinter ihm. Noch immer hinter ihm. Endgültig hinter ihm.

Als er es satthat, sich im Bett hin und her zu wälzen, steht er auf und geht zur Wand, wo – wie er sich zu erinnern glaubt – der Lichtschalter ist. Ganz langsam schleicht er vorwärts, mit ausgestreckten Armen, nimmt kaum die Füße vom Boden. Auch wenn seiner Erinnerung nach keine Möbel in der Mitte des Zimmers stehen, hat er Angst, zu stolpern oder sich die nackten Zehen anzuschlagen.

Diese verfluchte Blase, denkt er. Er hat die unangenehme Marotte, schon beim geringsten Harndrang auf die Toilette gehen zu müssen. Er kann nicht anders. Sobald er diesen Drang verspürt, ist an Weiterschlafen nicht mehr zu denken. Das Schlimmste ist, dass er einen leichten Schlaf hat und hinterher hellwach ist. Zu Hause kennt er den Weg zur Toilette wie seine Westentasche, inklusive aller Hindernisse, dort kann er ins Bad schlurfen, ohne vollständig aufzuwachen. Aber hier kennt er sich noch nicht aus, also bleibt ihm nichts anderes übrig, als wach genug zu werden, um sich nicht irgendwo wehzutun. Und das alles nur wegen seiner verfluchten Kindheit, denkt er, als er an der Tür ankommt, den Schalter ertastet und das Licht anmacht.

Als kleiner Junge hat er sich für seine Bettnässerei so sehr geschämt, dass er den Schlaf so lang wie möglich hinausgezögert hat, um auch noch das letzte Tröpfchen dieser heimtückischen Flüssigkeit aus der Blase zu kriegen und am nächsten Morgen nicht wieder wie ein Idiot dazustehen. Fünf-, sechs-, siebenmal ist er damals aufgestanden. So oft wie nötig, um nicht wieder »schwimmend aufzuwachen«. Dieses Bild vom Schwimmen stammt von seinem Vater. Er hat es immer mit einem Lächeln um die Lippen gesagt, dann, wenn er ihn dabei ertappte, wie er morgens versuchte, die Matratze trocken zu reiben und die Schande wenigstens ein bisschen zu vertuschen. »Ezequiel, du bist ja schon wieder schwimmend aufgewacht«, hat er dann lächelnd gesagt. Er, der sonst nie gelächelt hat. Nur wenn er ihn in einer peinlichen Situation erwischt hat, hat er gelächelt. Mit dem gesamten Gesicht oder zumindest mit dem Mund. Unter seinem Schnauzbart sind die Zähne hervorgetreten, so sehr hat er gelächelt. Aráoz hat sich irgendwann geschworen, dass er es nie wieder dazu kommen lassen wird. Nie wieder. Und wenn er dafür zehn- oder zwanzigmal aufstehen muss. Hauptsache, er gibt seinem Vater nie wieder einen Anlass, so zu lächeln.

Dreißig Jahre später denkt Aráoz, während er die Tür öffnet und die frische, fast kühle Nachtluft spürt, dass die Schritte, die wir zu Beginn unseres Lebens gehen, so tiefe Spuren hinterlassen, dass wir gar nicht anders können, als ihnen immer wieder zu folgen. Dieser Gedanke ist so deprimierend und so komplex für diese Uhrzeit, dass er nachher garantiert kein Auge mehr zukriegen wird.

Der Torschrei der Gegner donnert von der Gästetribüne herüber wie eine Geröllawine und wird von der Masse regloser Körper geschluckt, zu der auf dieser Seite des Rasens auch Aráoz gehört. Sie ist merkwürdig, diese Kombination aus Toben dort und Schweigen hier. Aráoz hat noch nie so stumme Menschen erlebt. Das ist also der Abstieg. So steigt man ab. Aráoz fügt diesen Schmerz zu den anderen hinzu, die er schon kennt.

Er geht einige Meter den betonierten Weg entlang, der um den Bau herum zur Vorderseite führt. Dann bleibt er stehen, weil ihm einfällt, was der Mann über die Tür und die Viecher gesagt hat. Er geht zurück, um sie zu schließen, und dann wieder Richtung Vorderseite. Er muss das Denken abstellen, oder er kann das mit dem Einschlafen vergessen. Wind fährt murmelnd durch die Baumkronen und verursacht ihm an Armen und Beinen Gänsehaut. Und wenn er einfach hierhin pinkelt? Wer kann ihn in dieser Dunkelheit schon sehen? Nein. Lieber auf die Toilette gehen, für alle Fälle. Manche Leute sind da sehr empfindlich, und womöglich gehört der Alte zu dieser Sorte. Als er um die Ecke biegt, sieht er das weiße Licht der Toilette. Lépori hat Wort gehalten. Aráoz stellt sich an das Pissoir und beginnt zu pinkeln. Der Strahl wirbelt die Geruchskügelchen durcheinander, was wiederum eine Kakerlake mit langen Antennen und haarigen Beinchen aufschreckt. Ihr ekelhafter Anblick reißt ihn endgültig aus dem Schlaf. Aus Rache zielt er auf das Tier, um es zu ertränken. Als er fertig ist, sitzt die Kakerlake wieder ruhig unter den Naphthalinkügelchen. Aráoz bedauert, dass Urin kein Insektengift enthält, er findet Kakerlaken widerlich. Er kehrt in sein Zimmer zurück, macht das Licht aus und legt sich ins Bett.

Aráoz sieht mit vor Kälte schimmernden Augen zu Perlassi, der im Strafraum steht, die Hände in die Hüften gestemmt, das Gesicht auf die gegnerischen Spieler gerichtet, die sich auf dem Tanque türmen. Der Tanque ist auf die Knie gesunken und hat die Arme in die Luft gerissen, nachdem er den Ball im langen Eck versenkt hat, außer sich vor Glück, dem schönsten Glück, das es gibt. Es ist nicht das schönste Glück, es ist das einzige Glück überhaupt, denkt Aráoz; denn nur durch Leiden erkennen die Menschen, dass kein vernünftiger Weg zu Glück führt; dass das Glück willkürlich ist, zufällig, unvorhersagbar. Daher bleibt dem Menschen nichts anderes übrig, als sich zu fügen und zu beten, dass es länger als dreißig Sekunden anhält. Das denkt nicht der achtjährige Aráoz, der starr vor Kälte auf der von bestürzten Menschen gefüllten Tribüne steht, sondern der zweiundvierzigjährige Aráoz. Der Aráoz, der ums Verrecken nicht einschlafen kann.

Er ist jetzt hellwach. Dreht sich auf dem schmalen Bett mehrmals von einer Seite auf die andere. Er kann sich an diese Enge nicht gewöhnen. Nach mehrmaligem Hin und Her bleibt er schließlich auf dem Rücken liegen, die Hände auf der Brust, nimmt sie aber sofort wieder herunter, weil ein sanfter Schreck ihn daran erinnert, dass Leichen so im Sarg liegen.

Aráoz schwört sich, nicht zu weinen. Seine Augen füllen sich zwar mehrmals mit Tränen, und sein Mund verzieht sich fast zu einer Schnute, aber er kämpft dagegen an, schafft es, sich zusammenzureißen. Schließlich will er nicht, dass die anderen ihn so sehen, schon gar nicht seine Cousins. Niemand nimmt Notiz von ihm, alle sind mit sich selbst beschäftigt, keiner hat Zeit, sich um einen achtjährigen Jungen zu kümmern, der starr vor Schreck und Kälte auf den Brettern der Tribüne steht und mit den Tränen ringt. Trotzdem wird er nicht weinen. Das schwört er sich.

Es ist komisch. Ist es das? Schwer zu sagen. Jedenfalls fällt ihm auf, dass er trotz seines großen Schmerzes, trotz seiner tiefen Depression und trotz seiner überbordenden Ängste nie daran gedacht hat, sich umzubringen. Nicht ernsthaft zumindest. Wenn er darüber nachgedacht hat, dann eher theoretisch, als ein grausames Spiel, so grausam wie viele andere.

Er erinnert sich daran, dass Leticia ihn wegen seines Hangs zur Selbstverliebtheit oft verspottet hat. »Du und dein Ego.« Manchmal im Scherz, manchmal als Vorwurf, manchmal als Frage. Und manchmal auch mit einem Blick bis auf den Grund seiner Augen. Aráoz hat es gewusst. Er hat gewusst, dass dieser Blick ihn erforschen und entblößen will. Und hat ein Pokerface gemacht. Was für ein blöder Ausdruck, »Pokerface«, besonders bei jemandem, der gar nicht pokern kann. Trotzdem versteht er, was damit gemeint ist: sich über einen Tisch hinweg in die Augen zu sehen und seinem Gegenüber nicht zu erkennen zu geben, welches Blatt man hat. Bei Leticia ist Aráoz das immer gelungen. Wenn sie ihn fragend angesehen hat, konnte er ihr ungerührt in die

Augen blicken, ohne nachzugeben, ohne sich zu öffnen. Vielleicht hat er sich deshalb bei ihr so sicher gefühlt.

Seine Arme liegen jetzt seitlich am Körper an, aber auch in dieser Position kommt er sich vor wie ein Toter im Sarg. Also legt er sich die Hände unter den Nacken. In dieser Position wird er garantiert nicht einschlafen, aber dafür ist es sowieso zu spät. Jetzt ist er wach und dazu verdammt, die Decke anzustarren.

Manche Leute nehmen sich Steine von dem Schutthaufen, der nach dem Bau der neuen Tribüne zurückgeblieben ist. Früher hat da mal ein kleiner länglicher Schuppen gestanden. Aráoz erinnert sich noch daran. Als er die ersten Male mit ins Stadion durfte, ist der Schuppen noch da gewesen. Dann ist er abgerissen worden, um die Tribüne zu bauen, aber keiner hat je den Schutt weggeräumt. Und jetzt versorgen sich einige Leute dort mit Steinen, um sie auf die Fans von Lanús zu werfen, die hinter dem Gästetor jubeln.

Er atmet tief ein und ganz langsam aus. Noch mal. Und noch mal. Und noch mal. Achtmal. Neun. Zehn. Das soll entspannen. Schön wär's. Aráoz ist tatsächlich entspannt, nur dass er trotzdem nicht einschlafen kann, ums Verrecken nicht. Er stellt sich eine heitere Landschaft vor, noch so ein Trick von ihm, um den Schlaf herbeizulocken. Aber er verliert schnell die Konzentration. Dann versucht er, an gar nichts zu denken. Alles vergeblich.

Er verflucht noch einmal seine Blase, die ihn aus einem mehr oder weniger friedlichen Schlaf gerissen hat … Wann eigentlich? Vor mindestens einer Stunde.

Eine Katastrophe. Und es kommt noch schlimmer. Kaum hat er an seine Blase gedacht, fühlt er schon wieder diesen Drang. Und das bedeutet, dass ein Engel ihm den Balsam des Schlafs bringen könnte und er trotzdem nicht einschlafen würde, ohne vorher gepinkelt zu haben.

Die meisten aber gehen lieber an den Zaun und beschimpfen die Spieler von Deportivo, die gerade verloren und den Abstieg verschuldet haben. Seine Cousins zum Beispiel. Sie sind raufgeklettert und schütteln drohend die Fäuste. Onkel Quique schreitet nicht ein, weil er ebenfalls außer sich ist und schlimme Sachen brüllt wie: »Ihr Arschlöcher seid doch alle gekauft!« Das schreit er. Und er ist nicht der Einzige. Alle schreien das oder etwas Ähnliches. Die Spieler trauen sich nicht zum Zaun, weil sie Angst haben, verprügelt, beworfen oder bespuckt zu werden.

Schnaubend steht er auf. Er macht kein Licht an, weil sich seine Augen an die Dunkelheit gewöhnt haben und groß und rund sind, so dass er die Tür und den Griff problemlos erkennen kann. Wieder steht er draußen im Dunkeln, nur dass er diesmal verschwommen die Baumkronen über sich sieht. Es ist noch immer so frisch wie vorhin. Er stellt sich breitbeinig an den Rand des betonierten Wegs und pinkelt auf den Rasen. Scheiß drauf. Soll ihn doch sehen, wer will.

Er hasst sich dafür, dass er diese drastischen Entscheidungen nicht von vornherein treffen kann, als sträube er sich gegen die Gebote des gesunden Menschenverstands oder der natürlichen Dreistigkeit. Das Plätschern des Urins auf dem Rasen erinnert ihn an heißes Wasser, wenn es aus einer gewissen Höhe auf Mateblätter gegossen wird. Wäre Leticia jetzt da, hätte sie ihn ein Ferkel geschimpft.

Aber sie ist nicht da. Mist. Sie ist nicht da.

Aráoz erinnert sich, dass eben noch, als die Mannschaft aufs Spielfeld lief, um die zweite Halbzeit zu bestreiten, die Leute geklatscht und die Spieler angefeuert haben. Alle auf der Tribüne. Auch Onkel Quique und seine Cousins. Sein Vater ebenfalls. Warum hassen sie sie plötzlich? Kann es sein, dass Aráoz der Einzige ist, der sie noch mag?

Er kehrt ins Bett zurück. Schluss mit den Atemübungen und entspannenden Bildern. Widerstandslos überlässt er sich dem Dunkel seines Schmerzes und seiner Verluste, alter wie neuer. Nachdem er eine Weile in seinem Labyrinth umhergeirrt ist, stößt er auf das Bild, das ihn hierhergeführt hat. Obsession? Vielleicht ist das der richtige Begriff.

Jahrelang hat er dieses Bild tief in seinem Gedächtnis vergraben. So tief, dass er eine Weile gebraucht hat, um herauszufinden, ob es real oder Einbildung war, was ihn bedrängte, zum ersten Mal vor etwa einem Monat, als er zu Hause auf dem Bett gelegen und an die Decke gestarrt hat. Oder ob er etwas in Erinnerung verwandeln wollte, was reine Fantasie war.

Die Polizei hat die Fans von Lanús aus dem Stadion geleitet, deshalb haben die Leute, die auf dieser Seite Steine geworfen haben, niemanden mehr, mit dem sie sich anlegen können, und kommen auf die andere Seite, wo der Zaun und das Spielfeld sind. Dort stehen die Spieler von Wilde immer noch am Mittelkreis, weil sie sich nicht in die Kabine trauen.

Am meisten verwundert ihn, dass sein Gedächtnis es geschafft hat, diese Erinnerung so lange zu vergraben. Als er darüber nachgedacht hat, ist ihm klar geworden, dass man vieles vergräbt. Sonst könnte man nicht leben.

Aráoz sieht, wie Perlassi auf einen der Polizisten zugeht. Das ist bestimmt der Chef, denkt Aráoz, weil er eine andere Mütze aufhat als der Rest. Perlassi sagt etwas, der Polizist nickt mehrmals und wendet sich an seine Kollegen, die mit ängstlichem Gesicht herumstehen und nicht wissen, was sie tun sollen. Perlassi trommelt seine Mitspieler zusammen, und alle machen sich zur anderen Seite auf. Aráoz schließt die Augen, weil das Gebrüll auf der Tribüne plötzlich ohrenbetäubend anschwillt und die Beschimpfungen immer bissiger werden. Den Fans ist ein Licht aufgegangen: Die Spieler wollen den Tunnel der Gastmannschaft benutzen, damit sie nicht beworfen oder bespuckt werden. In diesem Moment fliegen die ersten Steine auf das eigene Spielfeld, und mehrere Leute versuchen, über den Zaun zu klettern. Andere machen sich daran, die Pfeiler des Drahtzauns herauszureißen, um direkt aufs Feld zu stürmen. Inzwischen rennen die Spieler und die Polizisten wie um ihr Leben, und als die Letzten die Stufen des Tunnels erreichen, der zu den Umkleidekabinen führt, sind die ersten Fans schon auf dem Rasen. An vorderster Front sein Cousin Diego, der rennt wie ein Wiesel. Aráoz möchte auch so rennen können, wenn er mal groß ist.

Das, woran er sich erinnert, stimmt. Vielleicht ist es nicht alles, vielleicht ist an diesem Abend noch mehr passiert. Aber es stimmt. Wenn er jetzt in O'Connor ist, dann um die Lücken zu füllen, die sein Gedächtnis aufweist. Und nicht nur seines.

Wenn die Erinnerung erst vollständig ist: was dann? Keine Ahnung. Es ist das erste Mal seit vielen Jahren, vielleicht das erste Mal überhaupt in seinem Leben, dass er nicht weiß, was er am nächsten Tag tun soll. Und dieser Gedanke ist seinem Schlaf nicht gerade förderlich.

Dienstag, 6. Oktober

Aráoz wird von einem quietschenden Bremsgeräusch geweckt, auf das mehrere Flüche folgen. Danach hört er: ein Motorbrummen, das auf einen großen Lkw schließen lässt, Vögel auf den Bäumen, ein Auto auf der Landstraße, dann wieder die Stimmen der Männer, die sich gegenseitig beschimpfen.

»Rückwärts, habe ich gesagt, du Idiot.«

»Wenn hier einer ein Idiot ist, dann du! Rückwärts hierhin oder rückwärts dorthin?«

»Rückwärts dorthin natürlich, du Schwachkopf.«

Der Motor heult auf, die Gangschaltung kracht, dann heult wieder der Motor auf. Aráoz verlässt das Bett. Er muss dringend pinkeln. Kurz sehnt er sich nach der bequemen Vertrautheit seiner Wohnung. Hier muss er sich anziehen, um auf die Toilette zu gehen. Während er in die Hose steigt, hört er eine Stimme, die Anweisungen gibt. »Gut!«, ruft sie warnend, und gleich darauf, schon dringlicher, fast mahnend: »Gut!!!«, und schließlich brüllend: »GUT!!!« Wieder ertönt das Quietschen der Bremsen, dann stirbt der Motor plötzlich ab. Während Aráoz den Kopf durch den Pulloverkragen steckt, hört er, wie die Tür der Fahrerkabine aufgerissen und zugeschlagen wird.

»Dann mach's doch selbst, du Rindviech! Wenn du so ein Experte bist, park du ihn ein!«

»Ich bin kein Experte, aber du hättest beinah die Zapfsäule umgefahren. Hast du sie etwa nicht gesehen?«

»Nein, hab ich nicht! Ich bin nämlich ein blinder Idiot!

Fahr du die Kiste! Los, wo du doch so ein schlaues Kerlchen bist!«

Aráoz fühlt sich hin und her gerissen zwischen einer morbiden Neugier und dem mütterlichen Imperativ, der es als ungebührlich brandmarkt, genüsslich dem Streit wildfremder Menschen beizuwohnen. Aber da er entschlossen ist, sich bis über die Ekelschwelle hinaus von sich selbst zu distanzieren, zieht er sich schnell an und rennt aus dem Zimmer, um ja nichts zu verpassen.

Am frühen Nachmittag fällt die Sonne auf den Boden des Zimmers. Gegen zwei Uhr. Erst wärmt sie eine Weile das Fensterbrett, dann zeichnet sie einen Streifen aus gelbem Licht auf den Teppich, die Leiste, die Wand. Im Laufe des Nachmittags wird dieser Streifen immer breiter und reicht irgendwann bis zum Bett. Im prallen Licht nimmt der graue Teppich einen fahlgelben Ton an, aber nur auf Leticias Seite. Aráoz hat diese Grenze nie überschritten. Auf seiner Seite oder vielmehr auf dem L, das seine Seite plus die Verlängerung des Ehebetts bilden, ist das Zimmer ein Tohuwabohu aus achtlos dahingeworfenen Schuhen, liegengelassenen Unterhosen, schmutzigen T-Shirts, halb gelesenen Büchern. Leticias Seite hingegen ist ordentlich. Zumindest der Boden, denn das Bett nutzt Aráoz in seiner ganzen Breite. Nicht willentlich, sondern weil er sich nachts hin und her wälzt. Auf dem Stück zwischen Bett und Fenster herrscht eine stille, einsame Ordnung. Eine Ordnung, die ab zwei Uhr nachmittags in ein Crescendo aus Sonnenlicht getaucht wird.

Als er hinter dem Gebäude hervorkommt, erblickt er einen riesigen Lastwagen mit Anhänger, der merkwürdig schräg im Tankbereich steht. Aráoz geht näher, um es sich genauer anzusehen. Noch zwanzig Zentimeter, und das hintere Ende des Lastwagens hätte die Zapfsäule aus der Verankerung gerissen. Der Anhänger hingegen zeigt in eine ganz andere Richtung, bildet mit dem vorderen Teil ein V. Die beiden Streithähne sind jung und muskulös. Ihre Gesichter – die gleichen hellen Locken, die gleichen Pausbacken, der enge Abstand zwischen den Augen – lassen nur einen Schluss zu: dass es sich um Brüder handelt. Erst jetzt bemerkt Aráoz den Alten, der mit dem Tankschlauch in der Hand an der Zapfsäule lehnt, als wolle er in aller Ruhe abwarten, bis der Streit verraucht ist. Aráoz geht noch etwas näher hin, um besser zu hören, hält aber genügend Abstand, damit er nicht grüßen muss.

Ab vier erobert der gelbe Streifen auch das Doppelbett, die zerknitterten Laken, Aráoz, den Qualm all der Zigaretten, die er seit dem Aufwachen geraucht hat. Gerade hat er noch geträumt, nicht unwillkürlich, sondern willentlich. Ein Horrortraum, den er erst im Morgengrauen herbeizwingen kann.

»Und wie willst du ihn da wieder wegkriegen, wenn man fragen darf?«

Der, der spricht, ist der Größere, wenngleich beide so rustikal und massiv sind wie ein Bauernschrank.

»Nicht ich – du wirst ihn wegfahren! Schließlich bist du von uns beiden der Schlaumeier.«

»Ich hab schon immer gesagt, dass du ein Arschloch bist, du Sohn einer dreckigen Hure!«

Der Größere schnellt nach vorn, als wollte er sich auf seinen Bruder stürzen. Aráoz fragt sich, warum manche Beleidigungen verletzender sind als andere. Vielleicht sind sie gar nicht verletzender, sondern provozieren bei dem Beleidigten nur mehr Getue. Der, der die Beleidigung ausgesprochen hat, streckt die flache Hand aus und stößt den anderen einen halben Meter von sich. Er will ihn nicht verletzen, er will ihn nur wieder in die Ausgangsposition des »friedlichen Beleidigers« zurückbefördern. Wenn der Verteidigungsschlag diesen kräftigen Kerl auf seine Ausgangsposition zurückbugsiert hat, denkt Aráoz, dann muss er so stark gewesen sein, dass ein normaler Mensch rücklings auf dem Schotter gelandet wäre.

»Du beschimpfst gerade Mama, du Arschloch!«, bringt der Beleidigte heraus. »Merkst du gar nicht, dass du dich damit selber beschimpfst, du Hirni?«

»Das sagt man halt so, du Idiot. Mama hat damit gar nichts zu tun …«

Am späten Abend erreicht die Sonne die Wand gegenüber dem Fenster. Das ganze Schlafzimmer – die Vorhänge sind immer offen und die Jalousie immer hochgezogen – beginnt zu leuchten, wie in einem Tonofen, in dem Kohle glüht. Es ist ein seltsames Licht, als wäre es einen Verbrennungsprozess eingegangen mit dem dichten Qualm der über dreißig Zigaretten, die Aráoz seit zehn Uhr morgens geraucht hat. Manchmal kommt Aráoz sein Bett bei Dämmerung vor wie eine Mole in einem Meer aus saurem Nebel, durch das plötzlich das Licht eines vermissten

Schiffes dringt. Aber das denkt er nur manchmal, denn meistens denkt er nur an Leticia.

Der Alte scheint die Geduld zu verlieren und hebt die Zapfen des Schlauchs, damit ihm die Streithammel ihre Aufmerksamkeit zuwenden. Er redet bedächtig, mit Zartgefühl, und die Brüder sehen ihn an wie zahm gewordene Dinosaurier.

»Dann wollen wir uns mal wieder beruhigen und sehen, wie wir dieses Biest hier wieder wegkriegen. Gleich kommen nämlich die anderen. Du, Eladio, steigst ein und behältst mich immer schön im Auge. Und du, José, holst aus dem Büro schon mal den Quittungsblock, du machst deinen Bruder nämlich nur nervös.«

Die beiden gehorchen. Der Alte hängt den Schlauch an die Zapfsäule und stellt sich in mehreren Metern Abstand vor die Windschutzscheibe des Lastwagens, um das Manöver zu dirigieren. Aráoz muss an Fluzeugeinweiser mit ihren orangefarbenen Jacken und dicken Lärmschutzkopfhörern denken. Als der andere Kerl mit dem Quittungsblock zurückkommt, kann er nicht anders, als zu lächeln: Lastwagen und Anhänger sind perfekt nach Südosten ausgerichtet, der Abstand zwischen Tank und Zapfsäule beträgt rund einen Meter. Lépori dreht den Deckel auf, steckt den Stutzen ein und beginnt zu tanken. Erst als er den Blick hebt, weil ihm ein bisschen langweilig ist, sieht er zu Aráoz hinüber, der am Rahmen der Toilettentür lehnt und die Szene betrachtet. Er hebt die Hand zum Gruß, Aráoz grüßt mit der gleichen Geste zurück.

Einmal, gleich am Anfang – zu Beginn der zweiten Woche –, klingelt das Telefon. Aráoz streckt seinen Arm zum Nachttisch aus und hebt ab.

»Hallo.«

»Hallo, Ezequiel? Hier spricht Antonio. Was ist los?«

Es ist sein Chef. Er klingt besorgt, vielleicht ist er auch nur verärgert. Aráoz schweigt, denn er weiß nicht, was er antworten soll.

»Ezequiel! Ezequiel? Bist du noch dran?«

»Ja.«

Wenn man ihm konkrete Fragen stellt, kann er antworten. Ja zu sagen, dass er zu Hause ist, in seinem Bett, ist viel einfacher, als zu erklären, was los ist.

»Was soll das, Ezequiel? Ich brauche dich hier!« Der Chef macht eine Pause und fährt dann weniger herrisch fort: »Laverni hat mir alles erzählt … Tut mir leid, ehrlich … Nimm dir so viel Zeit, wie du brauchst, kein Problem.«

»…«

»Aber du musst kurz vorbeikommen, damit jemand anders deine Kundenbesuche übernehmen kann … Hörst du mir überhaupt zu?«

»…«

»Ezequiel, bist du noch dran?«

Klick. Aráoz hat den Hörer aufgelegt und zündet sich die nächste Zigarette an.

Aráoz geht auf die Toilette und schließt den elektrischen Rasierer an. Er rasiert sich so sorgfältig, als müsste er gleich ins Büro, als erwarteten ihn in der Küche Kaffee und Toastbrot. Er fragt sich, ob er seine alten Gewohnheiten je wird abschütteln können, und kommt zu dem Schluss, dass ihm das wohl nie gelingen wird. Zumindest nicht alle, denn auch nach monatelanger Verbannung sind sie wieder da.

Er wäscht sich das Gesicht. Zu spät bemerkt er, dass es kein Handtuch gibt und er seines im Zimmer gelassen hat. Da er sich nicht mit Klopapier abtrocknen will, verlässt er triefend die Toilette. Der Lastwagen der beiden Brüder ist bereits auf die Landstraße eingebogen, und Lépori winkt hinterher.

Am frühen Abend, wenn die Sonne die Wand erreicht hat, nimmt der Lichtstreifen Fahrt auf. Bis dahin hat er sich so langsam bewegt, dass man es auf den ersten Blick gar nicht gesehen hat. Aráoz ist nur aufgefallen, dass plötzlich andere Stellen beleuchtet waren. Um halb vier war sein rechter Fuß in Licht getaucht, während der linke im Schatten lag. Um Viertel nach vier waren beide Füße beschienen. Um fünf nicht nur die Füße, sondern auch der untere Teil des Schranks. Seitdem jedoch die Sonne die Teppichleiste erreicht hat, kann Aráoz regelrecht sehen, wie der Lichtstreifen die Wand hinaufwandert. Mit der Geschwindigkeit einer Schnecke, denkt Aráoz und freut sich, dass er es irgendwie benennen kann.

Woran mag es liegen, dass die Dinge weniger Angst einflößen, wenn man sie benennen kann?

»Wie geht's, mein Freund? Haben Sie gut geschlafen?«, fragt Lépori, während er dem Lastwagen nachsieht. »Was ist denn … diese Idioten …«

Aráoz folgt dem Blick des Alten. Der Lastwagen hat

den rechten Blinker gesetzt, als wollte er ins Dorf abbiegen. Obwohl Aráoz vom Autofahren wenig versteht, will es ihm scheinen, als bewegte sich das Fahrzeug zu nah am rechten Rand. Plötzlich flammen die Bremslichter auf, der Lastwagen hält, um einem Auto die Vorfahrt zu lassen. Dann fährt er wieder an und biegt auf die Landstraße ein. Da er die Kurve fast im Neunziggradwinkel nimmt, kommt der Anhänger nicht richtig hinterher und gerät auf den unbefestigten Randstreifen. Auf dem weichen Untergrund beginnt er bedenklich zu schwanken, die Reifen graben sich tief ein und spucken Erde in die Höhe. Schließlich erreicht er den rettenden Asphalt. Bevor der Lastwagen sich in der Ferne verliert, sieht Aráoz noch die beiden Fahrer: mit starr auf die Fahrbahn gerichtetem Blick und erhobenem Kinn vermitteln sie den Eindruck, als hätten sie gerade das normalste Lenkmanöver der Welt durchgeführt.

Aráoz weiß, dass es eigentlich nicht die Sonne ist, die sich bewegt. Es ist nicht die Sonne, die da die Wand entlangwandert, sondern die sich drehende Erde. Trotzdem versteht er nicht, warum die Geschwindigkeit am Ende zunimmt. Astronomie. Von Astronomie versteht er nicht viel. Oder ist es die Physik, die dieses Phänomen erklärt? Oder ist die Astronomie ein Zweig der Physik? Egal. Er hat von beidem keine Ahnung.

»Das sind keine Profis, oder?«, wagt Aráoz zu bemerken.

»Nein. Wie auch?«, erwidert der Alte. »Die beiden haben ihr Leben lang in der Fabrik gearbeitet. Wie fast alle hier. Und als die Fabrik dichtgemacht hat, standen sie plötzlich auf der Straße. Sie sind hier geboren, sind hier aufgewachsen, und sie haben in der Fabrik gearbeitet, in der auch schon ihr Vater gearbeitet hat … Die beiden sind begnadete Drechsler. Nach der Schließung mussten sie sich nach einem anderen Job umsehen, und was dabei herausgekommen ist, haben Sie gerade gesehen. Wollen Sie frühstücken oder gleich zu Mittag essen?«

Aráoz zögert. Noch hat er sich nicht daran gewöhnt, dass der Alte gern blitzschnell das Thema wechselt.

»Frühstücken«, sagt Aráoz, nicht so sehr, weil ihm das wirklich lieber ist, als vielmehr, um sich aus seiner Erstarrung zu lösen.

»Dann wollen wir mal«, sagt Lépori und geht zur Gaststätte. »Außerdem haben die beiden einen Haufen Kinder … Eladio hat fünf und José drei. Denken Sie nur! Acht Kinder insgesamt. Mit den Frauen zehn Mäuler, die es zu stopfen gilt. Plus ihre eigenen.«

Bevor der Lichtstreifen an der Decke ankommt, färbt er sich rötlich und beginnt zu erlöschen. Danach breitet sich Dunkelheit aus, aber nicht sukzessive wie die Sonne. Nein, die Dunkelheit löst sich aus den Winkeln und ballt sich in der Mitte, in einem Punkt etwas oberhalb von Aráoz, der nach wie vor auf dem Bett liegt.

»Und wie kamen die beiden zum Lastwagenfahren?«

Aráoz setzt sich an denselben Tisch, an dem sie schon am Vorabend gesessen haben. Über fremde Probleme zu reden war schon immer die beste Methode, um von den eigenen abzulenken, denkt er.

Der Alte lächelt und verdreht die Augen. »Tja, das war eine Idee von Perlassi. Milchkaffee?«

Die Erwähnung dieses Namens ruft Aráoz in Erinnerung, warum er eigentlich hier ist.

»Was hat Perlassi damit zu tun?«

»Jede Menge. Milchkaffee?«

»Milchkaffee.«

Dass die Sonne der Nacht das Feld überlassen hat, erkennt Aráoz daran, dass nur noch die Glut der Zigarette Licht spendet. Bei jedem Zug glimmen die Finger, in der er die Zigarette hält, und ein Stück seiner Nase auf.

»Was Süßes dazu? Medialunas?«

»Nein danke.«

»Perlassi kennt die beiden schon von klein auf. Na ja, wie alle anderen auch. So ist das eben hier. Sie waren mit die Letzten, die gehen mussten – damit Sie verstehen, was für gute Drechsler sie sind. Aber irgendwann standen auch sie auf der Straße, und da hat Perlassi eben Lorgio gefragt, den Spanier, der zwölf Laster betreibt, ob er nicht einen Job für sie hat.«

»Und er hatte einen«, bringt Aráoz zwischen zwei kurzen Schlucken hervor. Der Milchkaffee schmeckt gut, ist aber brühheiß.

Jeden Tag ist das mit der Sonne so. Außer wenn es regnet natürlich. Aber in den sechs Monaten, die Aráoz im Bett verbracht hat, hat es in Wilde kaum geregnet.

»Ja. Das Problem war nur, dass sie erst Auto fahren lernen mussten. Mit dem Pritschenwagen von der Tankstelle. Sie fingen bei null an. Nicht mal schalten konnten sie. Was merkwürdig war, schließlich sitzen hier alle im Dorf praktisch schon mit zehn am Steuer. Tja, aber nicht die beiden. Sie können sich nicht vorstellen, was das für ein Akt war. Wie diese Schaltung geknirscht hat, Mamma mia! Aber sie haben es geschafft. Na ja, mehr oder weniger. Sie haben es ja selbst gesehen. Auf der Landstraße kommen sie zurecht, da geht es immer geradeaus, und sie müssen nicht den Rückwärtsgang einlegen. Außerdem sind sie vernünftig, sie fahren langsam und überholen fast nie, weil das nur Scherereien verursacht. Der Spanier schimpft manchmal, weil sie oft zu spät kommen. Aber er mag sie, glaube ich.«

Nur einmal regnet es in Strömen. Am Nachmittag. Aráoz betrachtet die Tropfen, die schräg aufprallen, manche auf die Scheibe, manche durch den Spalt des angelehnten Fensters auf den Teppich, die Laken, seine ausgestreckten Beine. Aber am nächsten Tag ist es wieder sonnig, und die Matratze trocknet schnell.

Lépori schiebt ein Hähnchen in den Grill und stellt ihn an.

»Das haben sie vermutlich auch Perlassi zu verdanken. Möchten Sie noch einen Kaffee?«

»Nein danke. Was hat denn Perlassi damit zu tun?«

»Mmmmm …« Der Alte scheint sich die Antwort gut zu überlegen. »Wie es halt in einem Dorf so ist. Weil Perlassi vor Jahren, als er noch Fußball gespielt hat, hier so was wie ein Star war, berühmt eben. Und danach, weil er im Dorf mit allen gut konnte. Sagt man. Ich weiß nicht. Vermutlich deshalb.«

Wenn er die Vorhänge zuziehen oder die Jalousie wenigstens bis zur Hälfte herunterlassen würde, müsste die Sonne sich einen anderen Weg suchen, denkt Aráoz manchmal. Dann verzichtet die Zeit vielleicht auf dieses überflüssige Schauspiel, in dem sie sich verfangen hat. Aber Aráoz weiß, dass er nichts unternehmen wird, weder mit den Vorhängen noch mit den Jalousien. Zum einen, weil es ihm völlig egal ist, was die Zeit tut oder nicht, und dann, weil so, mit offenen Vorhängen und hochgezogener Jalousie, alles so bleibt wie mit Leticia.

»Und was meinen Sie?«

Aráoz fürchtet, dass er zu direkt gewesen ist, aber Lépori scheint die Frage nicht unangenehm zu sein. Vielmehr lächelt er, als wüsste er nicht recht, was er antworten soll.

»Ich ... Was soll ich dazu sagen? Vermutlich ist Perlassi ein guter Kerl. Es stimmt, dass er alle Hebel in Bewegung gesetzt hat. Wenn das Dorf noch nicht ausgestorben ist, dann wegen des Getreidesilos, das er aufgebaut hat, zusammen mit zwei, drei anderen. Haben Sie das Silo schon gesehen? Ist hier um die Ecke, den Feldweg entlang ... Na ja, ›aufgebaut‹ ist vielleicht der falsche Ausdruck, aber es war eine ganz schöne Ruine. Als die Fabrik dichtgemacht hat, ist Perlassi auf die Idee gekommen, es wieder in Betrieb zu nehmen, und damit schlagen wir uns hier so durch ...«

Lépori ist zum vorderen Fenster gegangen, hat sich die Hände an einem Geschirrtuch abgetrocknet und schweigt.

Aráoz vergewissert sich, dass das Päckchen leer ist, zerknüllt es und steht auf. Es ist nicht das erste Mal, dass er das Bett verlässt, aber sehr wohl das erste Mal, dass er nicht ins Bad, sondern im Dunkeln die Treppe hinunter ins Erdgeschoss geht. Er macht Licht an. Wie fast immer wuseln Kakerlaken in alle Richtungen, einige krabbeln über den Tisch und flüchten sich hinter den Ofen; andere verstecken sich in dem schmutzigen Geschirr, das sich seit Monaten im Spülbecken stapelt. Angewidert sprüht Aráoz eine gehörige Ladung Gift auf die Nachzügler und eine noch viel größere auf die Tischränder und den Geschirrstapel. Vielleicht sind die Kakerlaken der schlagendste Beweis für sein Verlassensein: Sie haben das Armdrücken gewonnen, das Leticia und er seit dem Einzug in diese Dublexwohnung mit ihnen ausgetragen haben. Der Stapel schmutziger Teller hat seinen Teil zum Triumph des Feindes beigetragen.

Er öffnet den Kühlschrank, aber es ist nichts zu essen da. Nichts jedenfalls, was in genießbarem Zustand wäre. Aráoz geht ins Wohnzimmer und macht Licht an. Keine Kakerlaken in Sicht. Noch nicht, denkt er, aber es ist nur eine Frage der Zeit. Der Zeit und des Verlassenseins. Auf der Fensterbank liegen achtlos dahingeworfene Geldscheine. Er nimmt zwanzig Pesos, stopft sie in die Hosentasche und geht zur Tür. Den Schlüssel hat er bereits ins Schloss gesteckt und umgedreht, als ihm etwas einfällt. Er kehrt in die Küche zurück und versprüht noch mehr

Gift. Wenn er nach Hause kommt, will er keinen seiner Gegner mehr sehen, zumindest nicht lebend.

»Reicht die Tankstelle denn zum Leben?«

Der Alte sieht ihn an, ob verärgert oder sarkastisch, kann Aráoz nicht genau sagen.

»Du stellst vielleicht Fragen. Bist du vom Finanzamt, oder was?« Er rückt sich die Mütze zurecht. »Hier braucht man nicht so viel wie in Buenos Aires.«

»Natürlich ...«, räumt Aráoz ein. Ihm kommt in den Sinn, dass zu Hause auf dem Fensterbrett noch fast das gesamte Geld vom Verkauf des Autos liegt. Früher hätte er Angst gehabt, dass Einbrecher es stehlen könnten. Früher. Jetzt nicht mehr.

»Man muss sich eben irgendwie durchboxen, wie Perlassi immer sagt. Und wie Sie sehen, hat er einiges bewegt. La Metódica schickt alle Lastwagen zum Tanken her. Lorgio und die anderen ebenso. Dazu verpflichtet sie keiner, nicht dass Sie das denken. Das machen sie freiwillig.«

»Dann ist sein Ruhm ja zu was nütze.«

Der Alte sieht ihn wieder an.

»Der Ruhm nützt einem hier gar nichts. Schließlich kennen wir uns alle ... Als er noch gespielt hat, vielleicht, was weiß ich. Aber danach ... Solange einer weit weg ist, ja. Oder nicht mal das. Schon weil das Dorf umbenannt wurde.«

»In den Zeitschriften steht immer, dass Perlassi in Colonia Hermandad geboren wurde ...«

»Und das ist hier.«

Aráoz sieht ihn verwirrt an.

»Die Leute nennen das Dorf noch heute so. Die Leute, die so alt sind wie Perlassi und ich, meine ich. Nur die Jüngeren sagen O'Connor.«

Aráoz nickt der Kassiererin zu. Sie erwidert den Gruß mit einem »Hallo«, das näselnd und unecht klingt. Sie ist Chinesin, wie alle, die in diesem Supermarkt arbeiten, und die älteste von drei Geschwistern. Der nächstälteste ist ihr Bruder, dann kommt ihre Schwester. Aráoz weiß das nicht, weil er gefragt hat. Leticia hat es ihm erzählt, bei einem der letzten gemeinsamen Abendessen.

Aráoz fragt sich, ob es noch dieselbe Familie ist. Ob ein Schwiegersohn dazugekommen oder eines der Kinder fortgegangen ist. Wahrscheinlich nicht, aber irgendwann wird es passieren, und Aráoz wird es nicht erfahren, weil er nicht fragen wird. Und zwar nicht nur, weil er schüchtern ist, sondern auch, weil dadurch das Universum so bleibt, wie es war, als Leticia noch da war.

»Und warum wurde das Dorf umbenannt?«

»Oje, das ist eine lange Geschichte. Die erzähle ich Ihnen ein andermal. Jedenfalls ist Perlassi hier beliebt, weil er was für die Leute tut. Nicht weil er mal ein Fußballstar war. Das zählt nicht mehr. Neulich zum Beispiel sollte die Zugstrecke stillgelegt werden. Da hat er mit Gott und der Welt gesprochen. Hier eine Versammlung, da eine Versammlung. Bis zum Provinzgouverneur ist er marschiert. Zum Glück ist alles gutgegangen, und die Züge fahren weiter.«

Aráoz erinnert sich an das Gespräch mit dem Schaffner und dem Bahnhofsvorsteher und hat ein schlechtes

Gewissen, das er aber schnell wieder beschwichtigt. Wenn er ein böser Mensch werden will, kann er sich nicht mit Mitleid und Reue aufhalten. Der Alte holt Teller und Besteck aus einem Schrank und deckt einen Tisch am Fenster.

»Er hat es tatsächlich geschafft. Schade, dass dann dieser Unfall passiert ist …«

»Was für ein Unfall?«

Selbst Aráoz findet, dass seine Frage schrill geklungen hat, und Léporis Gesichtsausdruck verliert die Heiterkeit, die er bisher besessen hat.

»Bist du sicher, dass du ein Journalist bist, mein Junge?«

Zwei Dinge fallen Aráoz auf: dass Lépori plötzlich zum Du übergewechselt ist und dass dieser Wechsel keine größere Vertraulichkeit bedeutet. Ganz im Gegenteil.

»Warum?«

Unwillkürlich greift Aráoz auf eine Verteidigungsstrategie zurück, die auch der Alte häufig benutzt: Er stellt eine Gegenfrage. Die Strategie wirkt, zumindest bis zu einem gewissen Punkt. Als Lépori wieder das Wort ergreift, ist er nicht mehr aggressiv, sondern eher neugierig.

»Weil die ganze Welt davon weiß, und wenn du aus Buenos Aires bist … Er schuldet dir doch kein Geld, oder?«

»Nein, ganz bestimmt nicht.« Aráoz versucht so überzeugend wie möglich zu klingen.

»Das Hähnchen … Möchtest du Salat dazu oder Kartoffelpüree?«

»Würstchen. Tomaten. Coca-Cola. Joghurt.« Die Kassiererin nennt jedes Produkt, als sie es am Lesegerät vorbeizieht, und ihre Wörter klingen wie geschnalzt, so schnell sagt sie sie. Aráoz weiß nicht, ob sie dieses Aufsagen als einen Teil ihrer Arbeit betrachtet oder ob sie ihren Wortschatz festigen will oder ob sie schlicht nichts Besseres zu tun hat. Wenn es ihr darum geht, ihre Spanischkenntnisse zu erweitern, hat sie bei Aráoz schlechte Karten, denn er kauft jeden Tag das Gleiche. Selten, sehr selten, auch mal ein Fläschchen Öl oder ein Kakerlakenspray. Wenn der jungen Frau dieses Einerlei merkwürdig vorkommt, zeigt sie es nicht. Ob sie wohl viele Kunden hat, die jeden Abend eine Packung Würstchen, drei Eiertomaten, einen halben Liter Cola und einen Vanillejoghurt kaufen? Womit auch der Mythos von ausgewogener Ernährung entlarvt wäre, denkt Aráoz. Er erinnert sich an die Artikel aus Reader's Digest, *die seine Mutter vor Jahren gesammelt hat. »Flucht in die Freiheit«, »Zichorie – die Grundlage einer gesunden Ernährung«, »Acht Monate auf einem Floß«, »Irrtümlich für tot erklärt«.*

Aráoz könnte der Anlass für einen weiteren reißerischen Artikel sein: »Sechs Monate Würstchen und Tomaten ohne Mangel- oder Ekelerscheinungen.«

Aráoz sitzt an die Tür seines Zimmers gelehnt und wundert sich, wie groß der Unterschied zwischen Tag und Nacht ist. Tagsüber, wenn die warme Frühlingssonne durch das Laub der großen Eukalyptusbäume sickert, der Wind säuselt und die frischen Blätter grün und die trockenen braun leuchten, wirkt die Gegend heiter und einladend. Neulich Abend, als er müde war, ist ihm alles trostlos vorgekommen. Jedenfalls wird diese ländliche Idylle nicht verhindern können, dass er mit leeren Händen nach Buenos Aires zurückfährt.

Am Kiosk an der Kreuzung Belgrano und Iriarte kauft er die drei Päckchen Zigaretten, die er am nächsten Tag rauchen wird. Danach lässt er die Avenida mit ihrem Straßen- und Verkehrslärm hinter sich und geht auf der Iriarte die zwei Querstraßen bis nach Hause. Das zerknitterte Wechselgeld wirft er auf die Fensterbank. Er hat keinen blassen Schimmer, wie viel noch übrig ist, aber er nimmt an, dass es genug ist, denn er gibt wenig aus, und das Auto war noch einiges wert.

Er betrachtet die brennende Zigarette zwischen seinen Fingern. Dann zieht er daran und bläst den Rauch aus, ohne zu inhalieren. Es ist die erste Zigarette, seit er diese verrückte Reise angetreten hat. Es lebe die Frischluft, spottet er.

Er erinnert sich daran, was für ein Gesicht Leticia immer gemacht hat, wenn er mal eine Zigarette geraucht hat. Als könnte sie es nicht fassen oder, schlimmer noch, als würde sie es ihm nicht verzeihen. »Warum rauchst du, wenn du sowieso nur paffst?«, hat sie immer gefragt. »Weil ich es mag«, hat er geantwortet. »Und was magst du daran?«, hat sie nachgehakt. Keine Ahnung, ich mag's halt, hat Aráoz dann gedacht, aber nicht gesagt. Aráoz hat lieber nichts gesagt, wenn das, was ihm auf der Zunge lag, hätte idiotisch klingen können. Aráoz hat oft den Mund gehalten.

Jedenfalls kommt es jetzt nicht mehr vor, dass Leticia

etwas zu ihm sagt. Weder zum Rauchen noch zu sonst was.

Nachdem Leticia gegangen war, hat er sofort eine Anzeige aufgegeben und das Auto an den erstbesten Interessenten verkauft. Der Käufer hat ihn mehrmals wegen der Übergabe angerufen, aber Aráoz hat sich dafür nicht sonderlich interessiert und am Ende sogar den Hörer vom Ohr weggehalten. Zum Glück wurde sein Telefon kurz darauf stillgelegt, und der Mann konnte ihn nicht mehr belästigen.

Am Tag des Verkaufs hat der Typ ihm ein Bündel Geldscheine aufs Fensterbrett gelegt. Seither bedient er sich aus dem Haufen. Noch ist Geld übrig. Neulich hat er einige kleinere zerknitterte Scheine weggenommen, die den Rest verdeckt haben, und hat gesehen, dass darunter noch ein ansehnlicher Stapel Hundertpesonoten lag.

Als er aufwacht, hat er einen teigigen Geschmack im Mund und spürt einen stechenden Schmerz in der Stirn. Er reißt das Laken weg, weil er schwitzt und sich unwohl fühlt. Wahrscheinlich ist ihm beim Einschlafen kalt gewesen, weshalb er sich zu warm zugedeckt hat.

Als er aufsteht, merkt er, dass er auf die Toilette muss. Außerdem verspürt er das Bedürfnis, sich das Gesicht zu waschen und die Zähne zu putzen. Wieder ist es ihm lästig, dass er dreißig Meter durchs Freie gehen muss.

Zwei Tage. Oder drei. Er wird noch drei Tage warten. Dann wird er etwas anderes tun. Aber was?, fragt er sich, während er die Hose hochzieht. Gute Frage, denkt er spöttisch. Andererseits kann er nicht ewig hier warten.

Aráoz wägt sorgfältig ab, ob er Selbstmord begehen soll. Besser gesagt, er denkt darüber nach, wie er über alles andere nachdenkt, Tag und Nacht, auf seinem Bett, den Blick auf den Ventilator an der Decke gerichtet. Nicht, dass er einen starken Drang dazu verspürt. Im Grunde verspürt er überhaupt keinen Drang. Gerade deshalb, weil er keine Zukunft sieht, fragt er sich, ob er nicht besser seinem Dasein in Wilde ein Ende setzen sollte. Im Stillen fragt er sich das, hämisch, aber er findet keine Antwort.

Der Gedanke an Selbstmord hat etwas Verlockendes. Das ist schon mal was in dieser Phase seines Lebens. Selbstmord würde ihn von seinem Leid befreien. Von seinem Verlust. Wie er da auf dem Bett liegt, den Blick auf eines der vier Ventilatorenblätter gerichtet, scheint das schon was. Oder doch nicht?

Doch nicht, denn es ist ihm egal, ob er tot oder lebendig ist. Also lebt er weiter. Selbstmord ist zu aufwändig.

Auf dem Weg zur Toilette sieht er in der Ferne Lépori, der gerade einen großen Lastwagen betankt. Offenbar tanken nur Lkws bei ihm. Der Alte winkt ihn herbei.

»Er hat mich angerufen. Vor etwa einer Stunde. Er wird wohl frühestens am Sonntag zurückkommen.«

Aráoz überlegt. Heute ist Dienstag. Noch fünf Tage sinnlos herumlungern?

»Haben Sie ihm gesagt, dass ich ihn sprechen will?«

Er muss gegen den Motorenlärm anbrüllen, weil Lépori um das Führerhaus herumgegangen ist, damit der Fahrer die Quittung unterschreibt. Der Alte kehrt mit raschen, kurzen Schritten zurück, und der Lastwagen fährt los.

»Ich dachte, es ist besser, ihm nichts davon zu sagen … Sonst verlangt er noch von mir, dass ich dich davonjage.« In sanfterem Ton, wie um nicht zu brüsk zu wirken, fügte er hinzu: »Ich hab dir ja gesagt, dieser verrückte Alte kann Journalisten auf den Tod nicht ausstehen.«

Aráoz kratzt sich am Kopf, weil er ein bisschen juckt. Er muss dringend duschen.

»Sag mal, wenn du nur hier rumsitzt und Däumchen drehst, bezahlt dich da die Zeitschrift trotzdem?«

»Ja«, antwortet Aráoz schnell. »Tut sie.«

»Aha.« Der Alte wirkt enttäuscht. »Sieh einer an. Aber du wirst dich langweilen. Wäre es nicht besser, du kommst ein andermal wieder? Es fahren drei Züge pro Woche. Ich mein ja nur …«

Der Vorschlag ist nicht ganz abwegig. Aber Aráoz weiß genau, dass er nicht noch einmal den Mut aufbringen wird hierherzufahren. Er beschließt, es mit leichter Erpressung zu versuchen.

»Wissen Sie, es ist so: Wenn ich zurückfahre, setzt mich der Redaktionsleiter auf ein anderes Thema an, und dann ist diese Reportage womöglich gestorben.«

Er baut darauf, dass ein ehemaliger Spieler sich danach sehnt, noch einmal den Glanz des Ruhms zu erleben, und sei es nur für einen Tag. Aber Léporis Lachen klingt so echt, dass er sich offenbar verspekuliert hat.

»Damit tätest du ihm eher einen Gefallen.«

Der Alte prüft die Quittung, die er gerade ausgefüllt hat, und blättert weiter. Er schiebt das Kohlepapier zwischen die nächsten beiden Blätter, legt den Quittungsblock auf die Zapfsäule und beschwert ihn mit einem Stein, damit der Wind ihn nicht fortweht.

»Angelst du gern?« Der Alte hält sich nicht gern mit Formalitäten auf, denkt Aráoz. »Ich gehe nämlich morgen raus zur Lagune. Allerdings ziemlich früh, weil dann weniger Wind ist und die Fische besser anbeißen.«

»Und was machen Sie mit der Tankstelle?«

Der Alte wirft einen abschätzigen Blick auf die Anlage, als wäre sie ein Hindernis auf seinem Weg zu höheren Zielen.

»Gar nichts. Die Lastwagen kommen alle heute zum Tanken. Morgen fahren sie direkt zum Silo, dann habe ich frei. Du hast sicher gemerkt, dass außer den Lastwagen keiner hier tankt.«

Aráoz nickt.

»Noch so eine Idee von Perlassi. Hab ich dir das schon erzählt? Wenn ich mich wiederhole, musst du's mir sagen. Das Alter, verstehst du.«

Aráoz schüttelt den Kopf.

»Na Gott sei Dank. Jedenfalls wollte vor vier Jahren der Ölkonzern die Tankstelle schließen, weil der Umsatz praktisch gen null ging. Perlassi musste mit diesem und jenem reden, hierhin fahren, dorthin fahren, und am Ende kam dann das mit den Lastwagen dabei raus. Was ist denn nun? Kommst du mit zum Angeln oder nicht?«

Aráoz gehen alle möglichen Antworten durch den Kopf. Nein danke, ich angle nicht gern. Nein danke, ich kann nicht angeln. Nein danke, ich finde es todlangweilig, den ganzen Tag darauf zu warten, dass ein blöder Fisch einen Köder schluckt. Nein danke, ich liege lieber faul auf dem Bett und lese ein Buch.

Aber er sagt Ja.

Tack. Tack. Tack. Wessen Schritte das sind, ist klar, die Frage ist nur: Wo gehen sie hin? Wenn sie, tack, tack, tack, links abbiegen, ist alles in Ordnung, denn dort ist das Schlafzimmer seiner Eltern. Wenn sie aber, tack, tack, tack, geradeaus weitergehen, hat Aráoz ein Problem, dann würde er am liebsten unters Bett kriechen, was es aber nur noch schlimmer machen würde, das weiß er, denn er hat es schon mal ausprobiert. Er hat geahnt, welche Richtung die Schritte nehmen würden, und ist unters Bett gekrochen, aber am Ende, tack, tack, tack, war alles nur noch schlimmer.

Aráoz kneift die Augen zusammen, aus Verzweiflung, nicht aus Hoffnung, dass es etwas nützt. Er ist Experte in Sachen Schlaflosigkeit. Deshalb weiß er, dass er auch noch das letzte bisschen Schlaf vertreiben wird, wenn er sich verkrampft.

Die Schlaflosigkeit in dieser Nacht ist anders als die von gestern. Sie fällt unter die Kategorie Im-Morgengrauen-Wachliegen, eine der schlimmsten. Nur eine Kategorie ist noch schlimmer: die Ich-habe-die-ganze-Nacht-kein-Auge-zugetan. Das ist die allerschlimmste, und er wird oft von ihr heimgesucht. Aber der Typ Im-Morgengrauen-Wachliegen ist grausam genug. Er befällt ihn in Nächten, die friedlich beginnen, Erholung versprechen. An solchen Abenden ist Aráoz zuversichtlich: Seine Lider werden schwer, die Buchstaben verschwimmen ihm vor den Augen, und er muss nur träge den Arm ausstrecken und die Nachttischlampe ausknipsen, schon kann er sich dem Schlaf hingeben in der süßen Hoffnung, acht oder neun Stunden später wieder aufzuwachen, erfrischt, als hätte ihm jemand die Last vieler Jahre von den Schultern genommen. Seit langem hat er keine solche Nacht mehr erlebt, nur noch Schmalspurversionen davon, sprich: sechs, sieben Stunden Schlaf am Stück. Immerhin.

Aráoz kann lautlos weinen. Man muss dafür den Mund leicht öffnen, denn wenn man ihn zuhat und das Weinen kommt, hört man den Atem. Aber wenn man den Mund etwas öffnet, geht die Luft geräuschlos rein und raus. Tränen sind kein Problem, die machen kein Geräusch, Rotz schon, denn wenn er ihn hochzieht, fällt auf, dass er weint, und dann könnte er noch wütender werden, weil er es hasst, wenn man nicht aufhört zu weinen.

Wenn Aráoz es schafft, vor ein Uhr einzuschlafen, was nicht sehr häufig vorkommt, geschieht das, was gerade geschehen ist. Um zwei, spätens drei ist er hellwach. Der Rest der Nacht ist die Hölle.

Aráoz, acht Jahre alt, kehrt mit einem seltsamen Hochgefühl ins Bett zurück, einer Mischung aus Angst und Freude. Er hat kalte Füße, weil er barfuß durchs ganze Haus gelaufen ist. Seine Mutter hat ihn schon tausendmal ermahnt, nicht barfuß durchs Haus zu laufen, aber diesmal ging es darum, jegliches Geräusch zu vermeiden. Das war gar nicht so leicht, denkt Aráoz, während er seine Füße aneinanderreibt, um sie warm zu kriegen. Zum Glück hat seine Mutter Schnitzel gemacht, von denen nur Krümel übrig geblieben sind. Dadurch ist das Poster, als es im Mülleimer lag, nicht schmutzig geworden.

Vor einer Minute ist Aráoz bewusst geworden, dass er die Grenze vom Schlaf zum Wachsein wieder überschritten hat. Er hat die Augen geöffnet, ins Dunkel gestarrt und sie wieder geschlossen, er hat das Gewicht seines Körpers, seiner Arme und seiner Beine auf der Matratze gespürt. Kein Zweifel, er ist zurück, ohne Chance, wieder auf die andere Seite zu gelangen. Und wenn er zurück ist, wird es nicht lange dauern, bis auch seine Ängste ihn wieder heimsuchen. Vielleicht ist es auch nur eine einzige Angst, die sich aus seinen Enttäuschungen nährt. Jedenfalls wird er sich im Bett wälzen, bis es draußen hell wird und sich Leben regt. Und wenn er schließlich aufsteht, wird er wie erschlagen sein von seinen gescheiterten Bemühungen.

Als sein Vater das Poster zusammengeknüllt und in den Mülleimer geworfen hat, ist es oben liegengeblieben, also wartet Aráoz jetzt im Bett ab, steht leise auf, geht barfuß und auf Zehenspitzen in die Küche, steckt, ohne das Licht anzumachen, seine Hand in den Mülleimer, bis er das Glanzpapier der Zeitschrift ertastet, und klappt den Metalldeckel lautlos wieder zu.

Er fragt sich wieder, was er hier soll, in diesem Zimmer, am Rand dieses Dorfs. Warum ist er nicht abgefahren? Gibt es überhaupt eine Antwort auf die Frage, die ihn hierhergeführt hat? Und wenn ja, wird das etwas an der Ödnis seiner Seele ändern?

Manchmal, wenn er sich mit Lépori unterhält oder schlaflos im Bett wälzt, überlegt er, ob er sich dem Alten offenbaren sollte. Offenbaren klingt zu frontal, zu endgültig. Das Thema anschneiden. Anreißen. Als Vorbereitung auf das, was er Perlassi fragen will. Aber er hat sich nicht dazu durchringen können. Kurz vorher hat ihn immer der Mut verlassen. Er wiederholt den letzten Satz seines stillen Monologs. Immer verlässt ihn der Mut, nicht nur bei diesem Alten. Wie erbärmlich.

Er reißt das Kissen an sich, drückt sein Gesicht hinein und atmet schwer gegen den Stoff, wodurch die Haut um seinen Mund herum feucht wird. Gleich wird der Tag anbrechen.

Er hat sich nicht dazu durchringen können, ehrlich zu Lépori zu sein. Wer garantiert ihm, dass er es sich bei Perlassi trauen wird? Keiner. Es scheint ihm unwahrscheinlich, wenn nicht gar unmöglich. Aber was macht er dann in diesem Zimmer und auf diesem Bett? Wozu ist er hier? Wie lange will er bleiben?

Als Aráoz den Deckel des Mülleimers schließt, muss er an eine Folge aus Combat *denken, in der Sergeant Saunders eine deutsche Mine entschärft. Der Sergeant passt höllisch auf, denn wenn er einen Fehler macht, fliegen er und seine Leute in die Luft. Aráoz nimmt sich den Sergeant zum Vorbild. Er holt das Poster heraus, schließt den Deckel und kehrt in sein Zimmer zurück. Glatt streicht er das Poster lieber nicht, denn das könnte sein Vater hören. Er widersteht dieser Versuchung und legt es so, wie es ist, unters Bett. Morgen nach der Schule ist noch genug Zeit dafür, denn sein Vater kommt nicht vor sechs aus dem Büro. Bis dahin hat er bestimmt ein sicheres Versteck gefunden.*

Aráoz hört auf zu grübeln, als er merkt, dass es zwischen den Lamellen der Jalousien zu schimmern beginnt, undeutlich noch, aber unverkennbar. Verdammt, es dämmert schon. Am besten, er steht auf, und Schluss. Bei der Gelegenheit kann er pinkeln gehen, den Drang dazu verspürt er schon seit einer ganzen Weile.

Mittwoch, 7. Oktober

Der Alte zieht einmal kräftig am Trinkhalm und reicht ihm dann den Mate. Aráoz nimmt die Calabaza entgegen und füllt sie mit heißem Wasser aus der Thermoskanne. Das Wasser in der Gegend muss gut sein, denn es dauert eine ganze Weile, bis der Tee zu schal im Geschmack wird. Er sagt es zu Lépori, der nickt.

»So ist es, mein Junge. In O'Connor sagen sich Fuchs und Hase gute Nacht, aber Wasser für Matetee haben wir in Hülle und Fülle. Gutes Wasser.«

»Gestern haben Sie mir gesagt, dass der Name des Dorfs sich geändert hat. Laut unserem Archiv wurde Perlassi in Hermandad geboren, nicht in O'Connor.«

»Hermandad und O'Connor, das ist das Gleiche.« Der Alte macht eine lange Pause, als grübelte er über seine Antwort nach. »Na ja, man müsste mal genauer unter die Lupe nehmen, ob es wirklich das Gleiche ist. Früher war das hier nämlich mal eine wohlhabende Gegend.«

»Jetzt nicht mehr?«

Lépori sieht ihn an, als beantworte sich die Frage von selbst.

»Jetzt sind wir praktisch von der Landkarte getilgt. Manch einer der Älteren aus dem Dorf würde wahrscheinlich behaupten, dass diese Namensänderung daran schuld ist.«

Er schwingt die Angelrute vor und zurück und setzt sich auf sein Klappbänkchen. Bisher hat kein Fisch angebissen, obwohl sie schon drei Stunden da sind.

»Wenn ich es mir recht überlege, bin ich jetzt selbst einer dieser Älteren. Die Alten von früher spielen längst im Himmel Harfe. Aber egal. Jedenfalls hieß O'Connor früher Colonia Hermandad, was ja ein merkwürdiger Name ist. Gegründet haben ihn vor ewigen Zeiten ein paar Italiener, so um Achtzehnhundertneunzig, Neunzehnhundert. Oder noch früher, was weiß ich. Anarchisten, daher der Name. Und diese Italiener, das waren unsere Vorfahren. Wenn du dich umhörst, wirst du kaum auf einen einheimischen Namen stoßen. Die meisten heißen wie irgendeine Pastasorte. Hergekommen sind sie, um Landwirtschaft zu betreiben. Du weißt ja, wie die Italiener sind. Und das hat auch geklappt, mehr oder weniger zumindest. Lange Jahre hieß das Dorf also Colonia Hermandad. Oder einfach nur Hermandad. Bis dieser Idiot aufgetaucht ist.«

»Was für ein Idiot?«

»In La Plata wurde so ein Kerl zum Was-weiß-ich-was ernannt … An den Titel erinnere ich mich nicht mehr. Ich spreche von den Zeiten Frescos, weißt du, wen ich meine? Der Gouverneur der Konservativen? Gut, dieser Freund von ihm, dessen Namen ich vergessen habe – zum Glück, möge er in seinem Grab verrotten –, dieser Freund jedenfalls findet urplötzlich, dass der Name Colonia Hermandad gefährlich, antiargentinisch, kommunistisch, vaterlandsfeindlich und was weiß ich noch sei. ›Kolonie der Brüderlichkeit‹: gefährlich! Und dieser Kerl setzt Fresco den Floh ins Ohr, dass man das Dorf unbedingt umbenennen müsse.«

»Und?«

»Na ja, das war so in den Dreißigerjahren, als ich noch klein war. Dann kam der Staatsstreich von dreiundvierzig, und unter Perón wurde das Thema erst mal auf die lange Bank geschoben. Oder vielmehr drehte es noch ein paar Pirouetten, denn eigentlich sollte das Dorf jetzt Colonia Evita heißen, doch dann kam der Staatsstreich gegen Perón neunzehnhundertfünfundfünfzig und hat das Projekt erst mal gestoppt. Das Dorf hieß also weiterhin Colonia Hermandad. Und dann, unter Onganía, wurde dieser Freund von Fresco ein hohes Tier. Dabei muss er schon älter gewesen sein als eine Mumie. Offenbar war die Sache mit der Namensänderung ein Stachel in seinem Fleisch, denn das erste Dekret, das er nach seinem Amtsantritt erlassen hat, wirklich das allererste, war die Namensänderung von Colonia Hermandad in O'Connor.«

»Und woher kommt dieser Name?«

»Sch… Sei mal still.«

Schlagartig gilt das ganze Interesse des Alten dem Gefühl in seinen Fingerspitzen, als könnten die Kuppen an der Angel ablesen, was tief unten in der Lagune vor sich geht. Über eine Minute lang verharren die beiden reglos. Schließlich zischt Lépori ärgerlich und erklärt das Warten für beendet.

»Mist. Was hast du gesagt?«

»O'Connor. Wo kommt der Name her?«

»Ach ja. Bevor diese Kolonie der Brüderlichkeit gegründet wurde, hat das Land, ja die ganze Gegend einem Iren gehört, einem Schafzüchter. Und der hieß O'Connor. Seine Herde hatte über … was weiß ich, na ja, war jedenfalls riesengroß. Sogar die Zugstrecke haben sie nach seinen Wünschen gelegt. Siehst du die Angel? Die hat doch am Ende einen Knick. Stimmt's?« Der Schwimmer hüpft auf dem Wasser und bildet kreisförmige Wellen, die zum Ufer hin größer werden. Sollte ein Fisch in der Nähe gewesen sein, ist er jetzt weg, denkt Aráoz.

»Erst verläuft sie gerade«, fährt der Alte fort, »dann macht sie einen Knick. Und diesen Knick, den haben sie gemacht, um die viele Wolle abtransportieren zu können. Nur damit du kapierst, wie groß die Herde war. Aber dann ist dieser O'Connor von heute auf morgen abgehauen. Hat alles verkauft, einfach so. Manche sagen, er ist nach Europa zurück und hat halb Irland aufgekauft, andere behaupten, er ist nach Buenos Aires gezogen und hat dort in Saus und Braus gelebt. Wieder andere glauben, dass er in Patagonien über den Tisch gezogen wurde und alles verloren hat. Jedenfalls hat er hier die Fliege gemacht und ward nie wieder gesehen. Das mit den italienischen Anarchisten war viel später. In Sachen Namensänderung hatten wir natürlich nichts zu melden. Unser anarchistischer Name wurde uns einfach weggenommen und das Dorf nach diesem Iren benannt, der sich mir nichts, dir nichts davongeschlichen hat. Aber was soll's.«

Er zieht die Angelschnur ein und überprüft den Köder. Das Fleisch ist verschwunden. Mit zwei Handgriffen hängt er ein neues Stück daran und wirft die Leine wieder aus.

»Und ob du's glaubst oder nicht, nach der Namensänderung ging hier alles den Bach runter. Nicht von einem Tag auf den anderen. Aber trotzdem. Ich spreche nicht von der Landwirtschaft. Die ist, wie sie ist, mal sind die Zeiten besser, mal schlechter. Ich spreche von O'Connor. Damals hat das halbe Dorf in der Antennenfabrik gearbeitet.«

»Antennen?«

»Ja, Fernsehantennen, Radioantennen ... vor allem Radioantennen. Diese aufklappbaren Dinger, weißt du, welche ich meine? Anfangs war es noch nicht so zu spüren. Aber dann, als die Militärs an die Macht kamen ... mit diesem Schwachkopf von Minister ...«

»Martínez de Hoz«, hilft Aráoz aus, der sich vorkommt wie ein Souffleur mit Geschichtskenntnissen.

»Genau der!«, bestätigt Lépori und gerät bei der Erwähnung dieses Namens plötzlich in Rage. »So ein A...« Das Schimpfwort bleibt ihm auf der Zunge hängen. »Der Kerl hat sogar die Butter importieren lassen! Jedenfalls fingen da die eigentlichen Probleme an, und die Antennen konnten wir uns sonst wohin stecken.«

»Haben Sie auch in der Fabrik gearbeitet?«

»Ich? Nein. Aber lass mich erst zu Ende erzählen. Nach den Militärs hat sich die Lage wieder beruhigt. Nicht ganz, wegen diesem Rauf und Runter der Inflation. Aber immerhin. Und dann kam Menem« – Lépori macht eine Bewegung, als würde er kräftig fegen –, »und der hat endgültig dafür gesorgt, dass wir auf die Schnauze gefallen sind ... Das war auch so ein Butterimporteur ... Untergebuttert hat er uns ... Und wie! Das kannst du dir gar nicht vorstellen.«

»Und was haben Sie dann gemacht?«

Der Alte sieht Aráoz an, als wollte er herausfinden, ob er aus Interesse oder Langeweile fragt.

»Nichts. Was sollten wir denn machen? Wir waren am Arsch. Wer ein Stück Land hatte, versuchte sich damit über Wasser zu halten, aber irgendwann war auch da Sense. Neuerdings läuft's wieder ein bisschen besser.

Durch die Geldabwertung kriegen wir wieder etwas Luft. Und durch das Soja. Ich weiß nicht, ob dir aufgefallen ist, dass hier sogar auf den Dächern Soja angebaut wird. Damit schlagen sich die meisten so durch ... Immerhin.«

»Und Perlassi?«

»Was ist mit Perlassi?«

»Der war damals doch schon aus Buenos Aires zurück.«

»Ach ja? Na ... lass mal überlegen ... Wann hat er mit dem Fußball aufgehört?«

»Das letzte offizielle Spiel hat er im Juli neunzehnhunderteinundsiebzig bestritten.«

Aráoz spricht wie ein nicht allzu heller, aber fleißiger Schüler, der auf keinen Fall die einzige Frage verpatzen will, auf die er die richtige Antwort weiß. Der Alte sieht ihn mit diesem Gesichtsausdruck an, von dem Aráoz nicht sagen kann, ob er sarkastisch oder mitleidig ist.

»Diese Journalisten«, sagt er schließlich. »Was für ein Gedächtnis. Jedenfalls kehrt Perlassi in sein Dorf zurück, das mittlerweile anders heißt, und zwar gleich, nachdem er die Fußballschuhe an den Nagel gehängt hat. Und mit dem Geld aus seiner Profizeit hat er sich die Tankstelle gekauft.«

Aráoz versucht sich diskret als Detektiv: »Bei seinem Erfolg war das bestimmt ein erkleckliches Sümmchen.«

»Denkste ... Damals konnte man nicht so viel Kohle verdienen wie heute. Ich kann es kaum fassen, was für ein Stiefel heutzutage zusammengekickt wird, selbst in der ersten Liga. Und trotzdem werden diese Rumpelfüßler für einen Haufen Zaster nach Europa verkauft. Deshalb sehe ich mir Fußball gar nicht mehr an. Da rege ich mich nur auf.«

»Und Perlassi?«

»Was? Nein, der auch nicht. Der denkt wie ich. Jedenfalls hat er mit dem Geld, das er sich zusammensparen konnte, dieses Ding gekauft. Ihm schien das ein gute Investition, ein einfaches Geschäft.«

»Und war es das nicht?«

»Du sagst es. ›War.‹ Wenn alles gut läuft, funktioniert eine Tankstelle wie von selbst. Man muss sich nur Kraftstoff liefern lassen und ihn vertanken, fertig. Von mir aus kann man auch noch Schmieröl verkaufen und Autos waschen. Aber wenn es nicht gut läuft, dann gnade dir Gott. Benzin wird normalerweise bar bezahlt, aber hier bleibt einem nichts anderes übrig, als die Leute anschreiben zu lassen. Das Geld kriegt man erst, wenn die Ernte verkauft ist, denn bis dahin sind die Leute arm wie eine Kirchenmaus. Ist ein ganz schönes Risiko, das man da eingeht. Aber abschlagen kann man es den Leuten auch nicht, sonst werden sie sauer, und man sieht sie nicht wieder. Und auf den Schulden bleibt man auch noch sitzen. Wie man's auch macht, ist es verkehrt.«

»Haben Sie damals schon bei ihm gearbeitet?«

»Ja, ja, von Anfang an.«

»Weil Sie schon von klein auf Freunde waren …«

Der Alte sieht ihn lange an. Diesmal zweifelsfrei sarkastisch.

»Was hast du nur immer mit der Freundschaft?«

»Na gut, weil Sie sich von klein auf kannten.«

»Hör mal. Wenn ich noch einen Mate will, muss ich dich dafür umbringen oder reicht es, wenn ich dich darum bitte?«

Am hundertdreiundfünfzigsten Tag seines freiwilligen Rückzugs wartet Aráoz nicht erst ab, bis ihm die Zigaretten ausgegangen sind, um aufzustehen. Nicht einmal Nacht ist es. Und der Sonnenstrahl hat auch noch nicht begonnen, die Wand hinaufzuwandern.

Später kann er nicht mehr genau bestimmen, welche Verkettung von Gedanken und Gefühlen dazu geführt hat, dass er kurz vor vier Uhr nachmittags aufgestanden, zum Schrank gegangen ist und sich auf die Zehenspitzen gestellt hat, um die Pappschachtel herunterzuholen, die auf dem obersten Regalbrett ganz hinten versteckt ist. Er legt sie aufs Bett. Seine Finger sind schmutzig, denn die Schachtel hat sieben Jahre dort oben gestanden: Seit er mit Leticia in dem Dublex wohnt. In der Schachtel sind mehrere Gegenstände, die Aráoz als Erinnerung an die Etappen seines Lebens aufbewahrt. Noch sieht er sie nicht an. Noch will er sie nicht ansehen. Er hat Angst, dass sie ihm noch mehr Seelenqualen bereiten, als er sie ohnehin schon erleidet. Nur eines will er finden. Da ist es. Ein doppelt gefaltetes Blatt aus einer Zeitschrift.

»Sag mal, mein Junge … Haben Sportjournalisten einen Lieblingsclub? Halt. Die Frage ist blöd gestellt. Bist du Fan von irgendeinem Club, oder verliert man als Sportjournalist die echte Leidenschaft?«

Sie haben den Rückweg angetreten, ohne auch nur einen winzigen Fisch gefangen zu haben. Der Alte trägt den leeren Eimer und geht auf dem Trampelpfad voran. Links und rechts wechselt sich das Gelb des Winters mit dem Hellgrün des Oktobers ab. Aráoz trägt die Angelausrüstung und die beiden Klappbänkchen.

Die Frage des Alten erwischt ihn unvorbereitet, und er braucht eine Weile, bis ihm eine glaubwürdige Antwort einfällt.

»Na ja, wie das bei den anderen ist, kann ich nicht sagen, aber ich habe keinen Lieblingsclub.«

»Nein?«

»Nein. Als Kind war ich Fan von Wilde und oft im Stadion. Mit meiner Familie.«

Mit meinem Vater, hat er eigentlich sagen wollen. Aber dass er nie Papa sagt, schockiert manche Leute, und wenn er das merkt, verheddert er sich. Lieber »mit meiner Familie«.

»Ach was? Bist du aus der Gegend?«

»Ja. Ich bin fünfzehn Blocks vom Stadion entfernt aufgewachsen. Und ich wohne heute noch da. In der Nähe der Avenida Belgrano.«

»Ach …«

Aráoz ist dankbar für das folgende Schweigen. Er hat keinerlei Lust, noch weiter in seinen Erinnerungen zu wühlen. Plötzlich will er eine Antwort auf die Frage, die er sich schon immer gestellt hat.

»Und Perlassi? Hat er eine Lieblingsmannschaft?«

»Nein, hat er nicht. Und ich auch nicht. Fußball ist für mich …«

Aráoz hört aus dem »Und ich auch nicht« einen leichten Vorwurf heraus. Er sagt sich, dass er den Alten zuerst hätte fragen sollen. Vielleicht kann er seinen Fehler wieder ausbügeln.

»Mögen Sie Fußball nicht?«

»Doch, doch. Ich sehe mir gern Spiele an, nur nicht die der Profis. Wenn man nämlich hinter die Kulissen schaut ... Perlassi hat da so einiges erzählt.« Er macht eine Pause. »Ehrlich gesagt, vergeht einem dann die Lust.«

Aráoz spürt, wie die Traurigkeit sich ihm auf die Schultern senkt. Und wenn er jetzt die Sache auf den Tisch bringt? Er erinnert sich an die Maxime seiner Mutter: »Schlechte Nachrichten überbringt man am besten sofort.« Vielleicht gibt ihm Lépori Auskunft. Aber Aráoz traut sich nicht. Außerdem haben ihm die Maximen seiner Mutter immer nur Ärger eingehandelt.

»Perlassi geht es ähnlich. Beim Fußball hier in der Gegend, da ist er gern mit dabei. Einmal hat er sich sogar den Spaß gemacht, die Dorfmannschaft zu trainieren. Aber wo Geld im Spiel ist, richtig viel Geld ... Nein danke. So sieht das Perlassi.« Dann fügt er hinzu: »Aber du lebst ja davon, da bist du sicher anderer Meinung.«

Aráoz wird allmählich klar, dass er sich dem Alten besser als Astrologe oder Chinchillazüchter vorgestellt hätte, das wäre unkomplizierter gewesen. Aber jetzt gibt es kein Zurück mehr.

»Von wegen. Man sieht ja so einiges. Als Kind, ja, da habe ich mich für Fußball begeistert, da war ich Fan von Wilde, wie gesagt.«

»Mit wem bist du ins Stadion gegangen? Mit deinem Vater?«

»Ja, ja ... genau.« Das hast du mich doch schon gefragt, denkt er. »Mit ihm, meinem Onkel und meinen Cousins. Wir haben alle da gewohnt.«

»Dann hast du Perlassi ja des Öfteren gesehen.«

Aráoz ist jetzt munter geworden, das Thema interessiert ihn.

»Ja. Na ja, zumindest, als er wieder zurück bei Wilde war, denn in seiner ersten Zeit dort war ich noch zu klein. Man hat mir natürlich viel erzählt, vom Aufstieg in die erste Liga und so. Schade, dass ich das nicht mitgekriegt habe.«

»Gar nicht schade. Wenn du's mitgekriegt hättest, wärst du jetzt zehn Jahre älter.«

»Und wennschon ... zehn Jahre mehr oder weniger ...«

An dem Blick des Alten liest Aráoz ab, dass er zu weit gegangen ist. Oder ihm zu nahe getreten ist. Er versucht, die Scharte auszuwetzen, indem er den skeptischen Denker mimt.

»Aber danach nicht mehr. Nachdem Wilde abgestiegen ist, sind wir nicht mehr hin.«

»Tja, da wart ihr nicht die Einzigen.« Der Alte verstummt, scheint sich für einen Moment im Labyrinth seiner Erinnerung zu verlieren. »Das war der Untergang. Des Clubs, meine ich. Stimmt's?«

»Die Perle der Krone«, lautet die Schlagzeile in großen gelben Buchstaben, der Versuch eines Wortspiels mit Perlassis Namen. Ein doppelseitiges Foto vom Star in Jacke, Hose und Stutzen des Clubs. Und in Fußballschuhen mit Aluminiumstollen. Perlassi lächelt unter seinem Schnauzbart hervor, der umrahmt wird von buschigen Koteletten und ausladenden Locken. Auf der Hose rechts erkennt man deutlich die Fünf. Die Strümpfe sind aus grober Baumwolle, wie damals üblich. Bestimmt hat er sie mit einem weißen Gummiband festgezurrt. Perlassi lächelt wie ein Kapitän, wie ein Anführer, wie jemand, der sich nie versteckt. Er lächelt wie auf dem Bild, das

Aráoz bei seinen Cousins gesehen hat. Jetzt sitzt Aráoz mit zweiundvierzig Jahren auf seinem Bett, vor ihm die Pappschachtel, die er seit dreißig Jahren nicht mehr geöffnet hat, und schaut, schaut eine Ewigkeit. Und er kann nicht anders, als dieses Lächeln mit einem Lächeln zu erwidern.

Den Trampelpfad haben sie hinter sich gelassen, gehen jetzt auf dem brüchigen Asphalt des Feldwegs. Hundert oder zweihundert Meter weiter links liegt das Getreidesilo, etwas weiter rechts die Tankstelle.

»Ja«, stimmt Aráoz zu. »Nach einundsiebzig ging es mit Deportivo Wilde in den Keller. Dreiundsiebzig von der B in die C, also keine zwei Jahre später … Und schließlich in die D. Das war das Ende.«

»Kaum zu glauben, dass ein Club, der mal in der ersten Liga gespielt hat, so enden kann, so ganz ohne eine Spur zu hinterlassen.«

»Alles endet so. Meinen Sie nicht?«, sagt Aráoz und bereut diesen metaphysisch-melancholischen Anfall sofort. Hat ihn die gescheiterte Angeltour in diese Stimmung versetzt? Zum Glück hält es der Alte nicht für nötig, darauf einzugehen.

»Dann kennst du Perlassi also noch von früher?«, fragt er stattdessen.

»Ja. Besonders in der letzten Saison für Wilde habe ich für ihn geschwärmt. Damals sind wir zu jedem Heimspiel gegangen.«

»So, so … Tja, was man als Kind erlebt, prägt einen. Ich weiß noch ganz genau, was ich mit meinem Vater unternommen habe, auch wenn das in meinem Fall ewig her ist. Geht dir das auch so?«

Nein, überhaupt nicht, denkt Aráoz.

»Klar, natürlich«, sagt er.

Als sie an La Metódica vorbeikommen, deutet Lépori auf die Lastwagen auf dem Parkplatz.

»Heute wird die Flotte von Lorgio beladen. Sieh dir mal das Schild auf den Türen an.«

Aráoz sieht fünf glänzende Lastwagen, die darauf warten, dass sie an die Reihe kommen. Seitlich und auf der Plane steht in schwarzen Buchstaben *Francisco Lorgio. O'Connor. Provinz Buenos Aires*. Dahinter zurren einige Männer an einem sechsten Lastwagen, der gerade beladen worden ist, die Plane fest.

»Das ist der von den López-Brüdern.«

Wie um Lépori zu bestätigen, ertönt in der Ferne ein metallisches Knirschen, das nichts Gutes verheißt.

»Eladio kriegt es immer noch nicht richtig hin, den ersten Gang einzulegen«, sagt der Alte mit gutmütigem Ärger in der Stimme.

Als sie bereits fast an der Tankstelle angelangt sind, fällt Aráoz auf, dass die hintere Seite in schlechterem Zustand ist als die vordere. Offenbar ist beim letzten Mal nur vorne gestrichen worden, denn hinten bröckeln die Wände und wuchert das Moos.

Sein Blick bleibt auf dem YPF-Schild hängen: schwarze Buchstaben, umringt von dünnen himmelblauen Linien, auf weißem Grund. Ein Schild von anno dazumal. Gerade als er fragen will, warum es nie ausgewechselt worden ist, lässt ihn ein Motorengeräusch zusammenzucken.

Der Lastwagen der López-Brüder fährt auf sie zu, mit viel zu viel Karacho und klarem Kurs auf den rechten Seitenstreifen, wo Aráoz und Lépori wie erstarrt stehen.

Aráoz sieht zum Führerhäuschen. Der Lastwagen ist jetzt so nah, dass die beiden Brüder deutlich zu sehen sind. Dem Fahrer ist die Verblüffung ins Gesicht geschrieben, als könne er nicht glauben, welche Wendung die Ereignisse genommen haben. Der Beifahrer hingegen schreit etwas, das durch den heulenden Motor nicht zu verstehen ist, und fuchtelt heftig mit den Armen, offenbar um ihn zum Gegenlenken zu bewegen.

Aráoz und Lépori springen kopfüber in den Seitengraben. Aráoz spürt, wie der Boden vibriert und der Fahrtwind ihm die Haare zerzaust. Als der Lastwagen vorbeigerauscht ist, rappeln sie sich mühsam wieder auf.

Doch die Schreckensfahrt der López-Brüder ist noch nicht zu Ende. Um von dem Straßengraben wegzukommen, in den Aráoz und Lépori sich gestürzt haben, hat Eladio das Steuer so stark herumgerissen, dass der Lastwagen jetzt auf die andere Straßenseite zurast. Er gerät von der Fahrbahn, rast holpernd über den Graben und hinein ins Gras. Weder Eladio noch sein Bruder kommen auf die Idee, dass sie vielleicht langsamer fahren oder bremsen könnten. Wieder reißt Eladio am Lenkrad und schafft es, den Lastwagen einigermaßen zurück auf Kurs zu bringen, gerade noch rechtzeitig, um einem Zaun auszuweichen. Trotzdem prallt der Anhänger gegen einen Pfahl und wirft drei weitere Pfähle um.

Als sie an der Tankstelle vorbeifahren, scheint das Schlimmste überstanden. Eladio hält das Fahrzeug stabil auf der Straßenmitte und nähert sich der Gabelung. Die Bremslichter leuchten auf, der Blinker wird gesetzt. Die López-Brüder biegen ab und nehmen Fahrt auf Richtung Buenos Aires.

»Diese Hornochsen«, schimpft Aráoz, noch immer keuchend vor Schreck.

»Na ja«, sagt Lépori, der sich schon wieder beruhigt hat. »Die Abfahrt vom Silo war keine Meisterleistung, aber die Kurve da vorn: alle Achtung.«

Aráoz geht die Treppe hinunter und betritt die Küche, die noch genauso unordentlich und schmutzig ist wie an den einhundertdreiundfünfzig Tagen zuvor. Verblüfft stellt er fest, dass keine Kakerlake in Sicht ist; vielleicht sind sie ja nur nachts aktiv. Bei der Gelegenheit fällt ihm auf, dass er die Küche seit fünf Monaten nicht mehr bei Tageslicht gesehen hat.

Irgendwo muss sein Terminkalender sein. Aber wo? Er kramt in dem Chaos auf der Arbeitsfläche, ohne Erfolg. Dann geht er ins Wohnzimmer und entdeckt nach einer Weile seinen Aktenkoffer, ans Sofa gelehnt. Er setzt sich, nimmt ihn auf den Schoß und öffnet ihn. Ihm wird bewusst, dass er ihn dort abgestellt hat, als er zum letzten Mal von der Arbeit gekommen ist, also vor fünf Monaten.

Während er nach dem Terminkalender sucht, erinnert er sich an etwas, das er über Pompeji gelesen hat: Unter dem Schutt des Vulkangesteins sind Menschen und Gegenstände so erhalten geblieben wie in dem Moment, als die Katastrophe sie überrascht hat. Die Aktentasche neben dem Sofa, so scheint ihm, hat auch etwas von dieser Unschuld vor einer Apokalypse.

Nach dem Mittagessen beschließt Aráoz, noch einmal zur Lagune zu gehen. Den Weg kennt er jetzt, und er hat zwei, drei Stellen gesehen, die ihm für eine Siesta ideal erscheinen. Wenn er jetzt ein Nickerchen macht, wird er am Abend noch größere Probleme mit dem Einschlafen haben, aber gegen diesen Gedanken – wie überhaupt gegen alle Gedanken – hat Aráoz das richtige Gegengift parat: Auch ohne Siesta wird er die Nacht schlaflos verbringen. Also holt er das Buch aus der Tasche, das er vor seiner Abreise noch schnell eingesteckt hat, und bricht auf.

Endlich stößt er unter einigen Kauforders, die er nie abgeschickt hat, auf den Terminkalender. In der Hoffnung, dass er auch seine alten Adressen übertragen hat, geht er den Index durch. A, B, C, D. Da ist er: Diego, sein Cousin. Er ist so versunken in sein Tun, dass er den Hörer nimmt, die Nummer wählt und wartet, bis es läutet. Es dauert eine Weile, bis ihm klar wird, dass das Telefon schon seit Monaten abgestellt ist. Er legt den Koffer beiseite, sucht die Schlüssel und steckt, als er am Fensterbrett vorbeikommt, etwas Kleingeld ein. Eine Querstraße weiter ist seiner Erinnerung nach ein Internetcafé. Zum ersten Mal seit einhundertdreiundfünfzig Tagen geht er bei Tageslicht nach draußen.

Er legt sich unter eine Weide, deren Kätzchen etwas Schatten spenden. Trotzdem ist der Frühling noch eher ein Datum als sichtbare Wirklichkeit. Ohne dass es ihm schwerfällt, denkt er an nichts. Ab und zu, wie bei einem leichten Durchfall, rumort in seinen Gedärmen das Gefühl, dass er seine Zeit verschwendet. Wie andere Gewohnheiten, die er ablegen will – immer die Wahrheit zu sagen, immer freundlich zu sein –, würde er auch gern den Drang, die Zeit immer sinnvoll zu nutzen, loswerden. Vielleicht wird er sich irgendwann legen, in ein paar Monaten oder Jahren. Zum Trost macht er sich bewusst, dass er schon einige Fortschritte erzielt hat. Hat er seit April etwa nicht fast drei Monate sinnlos vergeudet? Er weiß, dass es Anfang Oktober ist, aber er hat keine Ahnung, welcher Tag genau. Er weiß nur, dass es ein Mittwoch ist. Sonst nichts. Es ist jetzt drei Tage her, dass er das Haus verlassen hat. Wobei: »Verlassen« ist nicht das richtige Wort. »Verlassen« klingt, als hätte er die Tür zugeknallt und jemanden zurückgelassen. Aber das ist nicht der Fall.

Einhundertneunundsiebzig Tage nachdem Aráoz von der Arbeit gekommen und den Aktenkoffer neben das Sofa gestellt hat, ordert er für sieben Uhr am nächsten Morgen ein Taxi, das ihn zum Bahnhof Once bringen soll.

Zwei unangenehme Dinge geschehen: Erstens kommt der Taxifahrer zehn Minuten zu spät und entschuldigt sich nicht einmal dafür; zweitens öffnet er ihm die Beifahrertür, obwohl Aráoz lieber hinten sitzt. Aus Schüchternheit nimmt er vorn Platz, ärgert sich aber sofort über seine kleinmütige Reaktion. Andererseits ist er so begeistert von seinem Plan – was bei ihm selten vorkommt – und so wild entschlossen, sich zu ändern, dass er sich noch vor Avellaneda zu rächen beschließt, was ihn zu seiner eigenen Überraschung mit Energie erfüllt.

Er drängt dem Mann ein Gespräch über das Taxifahrerleben auf, fragt ihn nach den unterschiedlichsten Dingen: ob das Auto zuverlässig sei, wie korrupt ihm die Verkehrspolizei erscheine. Er würzt das Gespräch mit ausländerfeindlichen Bemerkungen, die der Fahrer willig aufgreift. Und dann, schlagartig, auf dem Höhepunkt, als der Fahrer in ihm schon einen wiedergefundenen Bruder sieht, verwandelt Aráoz sich plötzlich in eine Statue aus Marmor.

Als er aufwacht, ist es schon später Nachmittag. Die Krone der Weide bietet keinen Schutz mehr vor der tief stehenden Sonne. Im Schlaf hat er sich umgedreht, liegt mit dem Mund auf dem Boden. Er wischt sich den Speichel und Dreck von den Lippen, steht auf und stellt fest, dass ihm der Nacken höllisch wehtut. Ihm ist, als hätte er etwas Wichtiges geträumt, aber er erinnert sich nicht mehr, weder jetzt noch auf dem Rückweg zur Tankstelle.

Diesmal wird er nicht kuschen. Im Gegenteil: Er wartet ab, bis sie in einem Punkt vollständig einer Meinung zu sein scheinen – dass die Armen arm sind, weil sie ihren Hintern nicht hochkriegen –, und versteinert dann. Er freut sich diebisch darüber, wie überrascht und verwirrt der Taxifahrer ist.

Anfangs versucht der Kerl, das Gespräch wieder in Gang zu bringen. Irgendwann schweigt er gereizt und überlegt, womit er ins Fettnäpfchen getreten sein könnte bei seinem gerade noch so sympathischen Fahrgast. Aráoz starrt aus dem Fenster und überlässt ihn seinem Zweifel. Und seinem Leiden.

Dass ihm egal ist, welcher Tag es ist, wertet er als Erfolg. Dass er nicht weiß, wie viel Geld er in der Tasche hat, ebenfalls. Jeder Fortschritt zählt, und sei er noch so klein.

Seit er von zu Hause aufgebrochen ist, hat er die Scheine nicht mehr gezählt. Nicht im Taxi, nicht am Bahnhof, nicht im Zug und auch nicht hier. Er weiß mehr oder weniger, wie viel es ist. Das konnte er nicht vermeiden. Wie nebenbei, als sein Gepäck schon am Eingang des Dublex gestanden hat, hat er sechs glatte Hundertpesoscheine eingesteckt, folglich hat er noch zwischen dreihundert und fünfhundert Pesos. Genauer kann er es nicht sagen.

Als sie am Bahnhof Once ankommen, nimmt Aráoz, ermutigt durch seinen Streich, die gelassene, fast großkotzige Pose eines argentinischen Kinoschönlings der Vierzigerjahre an und sagt in vollem Bewusstsein, dass das Trinkgeld, das er dem Taxifahrer geben wird, völlig überzogen ist: »Behalten Sie den Rest. Von den beiden, die in diesem Auto saßen, ist nämlich einer ein armer Hund.« Dann steigt er schnell, aber mit majestätischer Eleganz aus.

Er erinnert sich nicht mehr, wie viel Lépori für das Zimmer verlangt, und über die Bezahlung der Mahlzeiten haben sie noch gar nicht gesprochen. Wie ein Hippie auf Abenteuerreise, spottet er über sich selbst. In seinem Zimmer legt er das Buch mit dem braunen Ledereinband zurück, von dem er seit seiner Ankunft nicht eine einzige Seite gelesen hat. Den Inhalt kennt er sowieso, ganze Passagen kann er auswendig.

Auf dem Weg in den Bahnhof verspürt Aráoz Gewissensbisse. Vielleicht ist der Taxifahrer zu spät gekommen, weil man ihm erst kurz vor knapp Bescheid gesagt hat. Und vielleicht hat er ihm den Sitz vorn deshalb angeboten, weil er es ihm recht machen wollte. Aber er tut ihm nicht ehrlich leid: Er weiß nämlich genau, wie es sich anfühlt, wenn man schlecht behandelt wird, schließlich hat er jahrelang solche und noch größere Kröten schlucken müssen.

Auf dem Weg zur Toilette begegnet er Lépori, der zusammen mit dem Fahrer am hinteren Teil eines YPF-Lastwagens herumhantiert. Sie lassen gerade aus einem Hahn unter dem Tank Kraftstoff in einen Zwanziglitereimer, der offenbar einmal Farbe enthalten hat. Danach schütten sie die Flüssigkeit in den Stutzen, der zu den unterirdischen Depots der Tankstelle führt. Aus der übertriebenen Art, mit der Lépori ihn auf einen Matetee in die Küche einlädt, schließt Aráoz, dass er bei diesem merkwürdigen Manöver keine Zeugen haben will. Als sie mit dem Mate in der Hand wieder nach draußen gehen, ist der YPF-Laster weg. Lépori notiert schnell etwas in dem Notizbuch, das er in seiner Hemdtasche aufbewahrt.

»Fertig«, sagt er. »Komm, lass uns den Mate auf dem Treppchen da drüben trinken, solange die Sonne so schön draufscheint.«

Aráoz gießt schweigend heißes Wasser in die Calabaza, bis er genügend Mut gesammelt hat, um die Frage zu stellen.

»Was war das?«

»Was?«

»Das mit dem Eimer.«

»Ach so, das. Nichts … Wie war's an der Lagune?«

»Gut«, sagt Aráoz und verstummt, als wäre Schweigen eine Art, auf einer Antwort zu bestehen.

»Was ist los?«

»Nichts. Warum?«

Aráoz' Frage steht so lange im Raum, bis es Lépori nicht mehr aushält und eine erste ausweichende Antwort gibt.

»Das hat dein Freund Perlassi angezettelt, und ich muss es jetzt ausbaden ...«

Aráoz schweigt nach wie vor, als wolle er ihn damit auffordern, die Sache genauer zu erläutern. Der Alte schnaubt, weil er sich unbehaglich fühlt.

»Man nennt das ›verbüchsen‹«, platzt es schließlich aus ihm heraus. »Wie gesagt: Perlassi hat sich das ausgedacht.«

Er zieht einmal am Saugröhrchen, bevor er den Mate an Aráoz weiterreicht. »Einige Lastwagenfahrer bescheißen ein bisschen beim Tanken. Das sind eben Schlawiner. Einmal nicht hingesehen, und schon ist man sein Benzin los. Ich spreche von vier, fünf Litern, nicht von fünfhundert, versteht sich.«

»Und?«

»Nichts! Dieses Benzin verkaufen sie dann anderswo.«

»Und Sie kaufen es?«

»Ich doch nicht! Perlassi! Ich führe nur aus, was er mir sagt.«

»Habe ich das richtig verstanden? Ein Lkw-Fahrer sagt zu einem Tankstellenbetreiber, dass er, sagen wir, hunderttausend Liter anliefert ...«

»Na, na, das sind doch keine Öltanker! In welchen

Laster gehen denn hunderttausend Liter? Vielleicht zehn-, zwölftausend.«

»Na gut, zwölftausend Liter. Tatsächlich aber liefert er wesentlich weniger ab ...«

»›Wesentlich‹. Was heißt hier ›wesentlich‹? Übertreib mal nicht. Vielleicht achtzig Liter. Oder hundert. Höchstens.«

»Aber der Tankstellenbetreiber zahlt den vollen Preis, richtig?«

Der Alte rückt das Saugröhrchen zurecht und gießt Wasser in die Calabaza. Seine Gesichtshaut ist leicht gerötet.

Aráoz führt seinen Gedanken zu Ende. »Und Sie zahlen für diese abgezweigte Menge weniger als normal ...«

»Jetzt mach aber mal einen Punkt ... Oder bist du etwa ein Bulle?«

»Nein, keine Sorge.«

Aráoz bemerkt, dass sein ruhiger, neutraler Tonfall Lépori nur noch mehr in Rage versetzt, aber er kann nicht anders, und für einen Themenwechsel ist es jetzt auch zu spät. Der Trick mit dem Tanken macht ihn traurig, auch wenn er nicht weiß, warum. Und Traurigkeit, das ist bei ihm etwas, das ganz tief geht.

»Erstens hat Perlassi sich das ausgedacht«, hebt der Alte an, »und zweitens ... Weißt du überhaupt, bei wem wir das Benzin abzweigen? He? Weißt du das?«

»Nein, weiß ich nicht ...«

»Da haben wir's! Du weißt es nicht! Du bist nie im anderen Teil von O'Connor gewesen, stimmt's? Du bist ja mit dem Zug gekommen, also von der anderen Seite und nicht von der Nationalstraße.«

»Verläuft die Sieben nicht viel weiter nördlich?«

»Genau, darum geht's ja. Früher war die Straße ungeteert, bah, eine Schotterpiste. Kaum fielen ein, zwei Tropfen, stand sie schon unter Wasser. Für die Leute hier war das keine Alternative. Kein Mensch hat diesen Weg benutzt, alle sind hierum gefahren. Bis dieser Idiot von Supermarktbesitzer, dieser Manzi, einen Hektar an der Strecke gekauft hat. Mitten im Nirgendwo. Eine lächerliche Summe hat er dafür bezahlt. Da war ja auch nichts. Nichts, gar nichts.«

»Und?«

»Und dann hat er da eine Tankstelle hingestellt, mit allem Drum und Dran. Mitten ins Nichts. Die Leute haben ihn heimlich ausgelacht, weil sie dachten, er hätte einen Haufen Kohle in den Sand gesetzt. Auf der Seite kommt nämlich nur alle Schaltjahre mal ein Auto vorbei. Die Schrulle eines reichen Schnösels, dachten alle.«

Lépori macht eine Pause, um Wasser nachzugießen. Sein Ton ist umgeschlagen von beschämt auf empört. Und Aráoz merkt, dass der Alte ihm immer noch grollt, denn er bietet ihm partout nichts von dem Mate an.

»Von wegen Schrulle! Was für ein Arsch! Zwei Monate nach Bauende taucht wie aus heiterem Himmel eine Firma auf und macht aus dem Schotterweg eine regelrechte Schnellstraße, mit Bäumen, Büschen und allem Pipapo. Was für ein Zufall, nicht? Das Land hat er für 'nen Appel und 'n Ei gekriegt. Und jetzt sag du mir mal, ob du glaubst, dass das mit rechten Dingen zugegangen ist. Wie kam es, dass diese Strecke nach dreißig Jahren Planung doch noch ausgebaut wurde? Ich sag's dir: Bestechung!«

Weil Lépori sich Luft gemacht oder ein Einsehen hat, bietet er Aráoz doch noch von dem Mate an, und der lässt sich das nicht zweimal sagen.

»Das Benzin, das verbüchst wird, stammt also von diesem Manzi …«

»Ja.«

»Wie heißt es so schön«, sagt Aráoz in einem Ton, der eine beschädigt geglaubte Nähe wiederherzustellen versucht: »Ein Dieb, der einen Dieb bestiehlt …«

»Ja, so sagt man.« Lépori scheint das Friedensangebot anzunehmen, aber Aráoz hat den Eindruck, dass er es als erniedrigend empfunden hat, all diese Erklärungen geben zu müssen, und deshalb weiter schlecht gelaunt ist.

»Na gut«, sagt Aráoz und klopft sich kräftig auf die Schenkel, um die gespannte Atmosphäre zu lockern. »Wäre es Ihnen recht, wenn ich heute Abend für uns beide den Grill anwerfe?«

Lépori sieht ihn misstrauisch an, wie eine ältere Dame, die auf dem Markt die obersten Tomaten begutachtet. Aráoz deutet den Blick als Zweifel an seinen Grillmeisterfertigkeiten.

»Es wird regnen«, sagt der Alte.

Aráoz erinnert sich daran, was Lépori, ebenfalls im Brustton der Überzeugung, vor dem Angelausflug gesagt hat, und vermutet, dass es ein sternenklarer, lauer Abend werden wird. Aus Höflichkeit spricht er diesen Gedanken nicht aus. Bei Scherzen hält er sich lieber zurück, denn er hat Angst, andere zu verletzen. Moment: Schon wieder dieses Verhalten eines wohlerzogenen Tierchens, das er ein für alle Mal ablegen wollte. Er sieht zum Himmel und kommt zu dem Schluss, dass es garantiert nicht regnen wird. Zum Teufel mit seiner ewigen Rücksichtnahme.

»Wenn Sie als Wetterfrosch so sind wie als Angler, brauchen wir uns keine Sorgen zu machen.«

Fühlt er sich jetzt besser?

»Dann tu, was du nicht lassen kannst.«

Der Alte scheint es ihm nicht krummzunehmen. Er schüttet die Teeblätter auf den Rasen und klopft die Calabaza auf dem Randstein aus. »Ich wollte es nur gesagt haben.«

Aráoz fragt sich zum richtigen Schalter durch. »Ich möchte eine Fahrkarte nach O'Connor, für den Schnellzug um zehn nach acht.« – »Wohin?« Die Stimme hinter der Scheibe, die wegen des verspiegelten Glases gesichtslos ist, klingt leicht gereizt, als wäre das Ausstellen einer Fahrkahrte an diesen Ort mit unangenehmem Aufwand verbunden. »O'Connor«, wiederholt Aráoz in dem höflichen Ton, in dem er immer spricht, es sei denn, er spielt den Bösewicht, was selten vorkommt. Er schiebt einen Fünfzigpesoschein durch den Schlitz und erhält dafür das Ticket. Das Wechselgeld lässt auf sich warten. Als er es entgegennimmt, ahnt Aráoz, dass man ihm absichtlich zerknitterte Scheine gegeben hat und außerdem eine der Zehnpesonoten falsch ist.

Das Feuer geht schon beim ersten Versuch an. Wäre ja auch gelacht, denkt Aráoz. Schließlich hat er eine halbe Stunde lang unter den Eukalyptusbäumen und auf den Feldern kleine Zweige gesammelt, um ja keinen Reinfall zu erleben. Jetzt hat er so viel trockenes Holz und gute

Kohle beisammen, dass er damit ein ganzes Schwein grillen könnte. Jedenfalls er hat sich geschworen, dass er vor Lépori nicht wie ein Stümper aus der Großstadt dastehen wird. Ein guter Anfang ist deshalb wichtig.

Es gibt aber noch Verbesserungsbedarf, denkt er, als er Kohlestückchen nachlegt. In seinem neuen Leben muss ihm die Meinung anderer egal sein. Da kann er nicht um die Anerkennung des Alten buhlen wie ein schüchterner Schüler um die seines Lehrers. Im Zug hat er sich verhalten, wie es sich gehört, findet er, und auf dem Bahnhof von O'Connor ebenfalls. Ein böser Junge. Ein Rebell. Das will er sein. Dass er schon wieder den Pfadfinder spielt, ist ärgerlich. Er stochert mit der Schaufel in der Kohle herum. Na ja, wenn das Fleisch gut schmeckt, habe ich ja auch was davon, tröstet er sich. Je leckerer, desto besser.

Als er den Blick hebt, sieht er im Osten ein regelrechtes Feuerwerk. Gewaltige Blitze zucken in alle Richtungen. Aráoz fragt sich, ob das Fleisch gar sein wird, bevor das Gewitter losbricht. Der alte Fuchs hat recht gehabt, sagt er sich eher resigniert als verärgert. Er sieht wieder zu der Regenfront. Es ist bereits so dunkel, dass man nicht erkennen kann, wie schnell die Wolken treiben. Die Brise, die ihm die Haare zerzaust, verheißt nichts Gutes und erhöht seine Anspannung.

Aráoz fragt sich, ob alle Leute, mit denen er auf dieser Reise zu tun haben wird, seine Ehrlichkeit und Naivität ausnutzen werden. Er schiebt den falschen Geldschein wieder zu dem Schlitz, aber es tauchen keine Finger auf, um ihn zurückzunehmen. Plötzlich spürt Aráoz, wie ihm die Gesichts- und Kopfhaut brennt.

»Gib mir sofort einen echten Geldschein du Arschloch, sonst fackle ich dich und dein Kabuff ab.«

Wenn er empört ist, kommen ihm die Worte leichter über die Lippen, als wenn er höflich ist. Tatsächlich schieben sich Finger durch den Schlitz, nehmen die Banknote und kehren blitzschnell mit einem echten Geldschein wieder. Aráoz jubelt innerlich. Er wirft einen wütenden Blick durch das verspiegelte Glas, den der Mann hinter dem Schalter empfinden soll wie einen bösen Fluch.

»So gefällt mir das«, sagt Aráoz und fügt, bevor er weitergeht, hinzu: »Du Depp.«

Dann begibt er sich zu den Gleisen.

Er hört einen Lastwagen anfahren. Da der Grill im hinteren Teil des Gebäudes liegt, sieht er nur noch die bunten Lichter, als das Fahrzeug auf die Hauptstraße in Richtung Dorf abbiegt. Das gleichmäßige Schnurren, das sich in der Ferne verliert, und die bunten Lichter erinnern ihn an ein Spielzeugraumschiff aus seiner Kindheit.

»Wie läuft's?«

Lépori ist um die Ecke gebogen und streckt ihm einen frisch aufgegossenen Matetee entgegen. Schwingt in seiner Geste Sarkasmus mit? Schwer zu beurteilen in dieser Dunkelheit, in der nur die Glut etwas Licht spendet. Die Glut und natürlich die Blitze. Eher nicht, würde er sagen.

»Das Feuer brennt. Die Frage ist nur, wann der Regen kommt.«

Der Alte nimmt den Mate wieder entgegen und gießt heißes Wasser nach.

»Ich schlage vor«, sagt er, »dass ich schon mal den Ofen vorheize, für alle Fälle. Wenn das Gewitter losbricht, bringst du das Fleisch, und fertig. Einverstanden?«

Aráoz betrachtet die Wolken, die fast schon über ihnen hängen.

»Einverstanden.«

»Der Lastwagen, der gerade abgefahren ist, gehört zur Flotte von Lorgio. Weißt du, was passiert ist?«

»Was?«

»Du erinnerst dich doch an die Zwillinge?«

Aráoz nickt.

»Sie sind in der Nähe von Chacabuco auf den Seitenstreifen geraten, und der Anhänger ist umgekippt.«

»Was?« Aráoz ist ehrlich besorgt. Obwohl sie ihn am Morgen fast überfahren hätten, mag er die beiden Hünen.

»Es ist nichts passiert«, sagt der Alte schnell.

Wie froh er über das Wörtchen »nichts« ist, denkt Aráoz. Er hätte sich sonst vorgestellt, dass die Zwillinge verletzt worden sind, dass der riesige Lastwagen am Straßenrand liegt, dass die Ladung Soja ausgekippt ist, dass andere Fahrer angehalten haben, um zu helfen, dass sich in beide Richtungen lange Staus gebildet haben, dass Feuerwehr und Streifenwagen mit Blaulicht herbeigerast sind. Hätte Lépori »etwas« gesagt statt »nichts«, hätte Aráoz befürchtet, dass die Zwillinge tot sind. Aber Lépori hat diese Möglichkeit mit einer simplen Handbewegung ausgeschlossen, als wichen das Schicksal und Mücken vor der gleichen Geste zurück.

»Ich habe ihnen schon tausendmal gesagt, sie sollen nicht nachts fahren«, fährt Lépori fort, und Aráoz hört aus seiner Stimme eine väterliche Mischung aus Ärger und Mitgefühl heraus. »Wo sie doch dieses Monster schon tagsüber kaum beherrschen. Offenbar hat Eladio das Fangio-Syndrom gepackt, und er wollte einen Lkw überholen, der mit siebzig dahingezockelt ist.«

»Vielleicht wurde er gedrängt, schneller zu fahren.«

»Ach wo! Lorgio kennt doch seine Pappenheimer. Die beiden sind selber schuld – was müssen sie auch so tun, als wären sie die Veteranen der Landstraße!« Er hält inne, um an seinem Mate zu ziehen. »Idioten sind das«, sagt er, als wäre er im Geiste alles noch einmal durchgegangen und zu diesem Schluss gekommen, nicht böswillig, aber auch ohne falsche Rücksichtnahme.

In diesem Augenblick ertönt der erste Donner.

Die Sonne verschwindet hinter einer wattigen Wolke, und Aráoz sieht sich plötzlich in der Scheibe des Zugfensters. Weil er sich noch nie gern selbst gesehen hat, blickt er nach unten. Auf seinem Schoß liegt ein Buch von Julio Cortázar.

»Hast du trotzdem gut gemacht, mein Junge«, erklärt Lépori, während er die letzten Reste von einem Rippchen nagt.

»Was denn nun?«, fragt Aráoz und schwenkt den Wein in seinem Glas. »›Trotzdem‹ oder ›gut‹?«

Es donnert so heftig, dass die Scheiben wackeln, dann übertönt der Regen wieder alles.

»Im Ernst! Hat doch alles gut geklappt. Noch ein bisschen, und das Fleisch wäre durch gewesen.«

»Woher wussten Sie überhaupt, dass es regnen würde?«

»Kein Ahnung. Vielleicht ist das Alter doch zu irgendwas gut. Was meinst du, wie viele Gewitter ich hier schon erlebt habe. Ich spreche von O'Connor, wohlgemerkt. In Buenos Aires lag ich immer völlig daneben.«

»Ich wusste gar nicht, dass Sie mal in Buenos Aires gewohnt haben.«

Der Alte zieht die Augenbrauen hoch.

»Nur ein Jahr lang. Als junger Kerl. Überhaupt haben wir Glück gehabt, dass der Strom nicht abgestellt wurde. Normalerweise brauchen hier nur drei Tropfen zu fallen, und schon sitzt man im Dunkeln. Ich hole trotzdem mal zwei Öllampen.«

Er steht auf, geht in die Küche und kramt im Schrank. Man merkt ihm an, dass er nicht recht weiß, wie er das Thema anschneiden soll.

»Ah …! Habe ich dir schon erzählt, dass ich heute mit Perlassi gesprochen habe?«

Die Frage reißt Aráoz aus der Lethargie, in die er nach dem Essen und dem Wein versunken ist.

»Nein, bisher nicht. Haben Sie ihm gesagt, dass ich ihn suche?«

»Ja, habe ich.«

»Und? Was hat er gesagt?«

Lépori füllt Kerosin in den Behälter und schraubt den Deckel wieder zu.

»Na ja … Ehrlich gesagt, hat er sich etwas gewundert.«

»Wieso?« Aráoz kann nicht verhindern, dass er nervös klingt.

Der Alte macht eine vage Geste, als wüsste er nicht, was er antworten soll.

»Hm … Na ja … Er meint, dass sich niemand mehr an

ihn erinnert, und findet es merkwürdig, dass *El Gráfico* nach so langer Zeit jemanden schickt, um einen Artikel über ihn zu schreiben.«

Aráoz räuspert sich und setzt sich aufrecht hin, vielleicht damit seine Argumente überzeugender klingen.

»Da irren Sie sich. Viele Fußballer von früher werden heute noch verehrt …«

»Mir musst du das nicht sagen. Er ist derjenige, der misstrauisch ist.«

»Misstrauisch?«

»Ja.« Lépori stellt die Kerosindose zurück in den Schrank. »Er glaubt, du willst rausfinden, was damals mit dem Tanque Villar passiert ist.«

Wäre Aráoz weniger verblüfft, würde er merken, dass sein Schweigen ihn nicht nur verdächtig macht, sondern geradezu ein Schuldbekenntnis darstellt. Entweder reagiert er wegen des Weins und des Essens so langsam, oder er hat es einfach nicht für möglich gehalten, dass Perlassi ihm auf die Schliche kommen könnte, bevor die Karten überhaupt auf dem Tisch liegen.

Jedenfalls ist er so erstarrt, dass er immer noch schweigend dasitzt, als Lépori mit zwei Kerosinlampen und einer Schachtel Streichhölzer zurückkommt.

Das Buch ist nicht von Cortázar selbst herausgegeben. Vielmehr ist die Erzählsammlung kurz nach seinem Tod eilig zusammengestellt und publiziert worden. Aráoz hat es ohne – oder ohne allzu große – Gewissensbisse in einer Buchhandlung in der Avenida Corrientes geklaut. Es ist über fünfhundert Seiten dick, und die Seiten haben einen schmalen Rand, damit möglichst viele Geschichten untergebracht werden konnten. Aráoz mag Bücher, die mit Worten prall gefüllt sind.

Es schüttet weiterhin wie aus Kübeln. Das Donnern scheint direkt von unter dem Boden zu kommen, als hätte das Gewitter beschlossen, sie mit Blitzen zu schmoren.

Als der Alte sich setzt, sieht er ihn mit weit geöffneten Augen an. Aráoz ist so naiv, diesem Blick auszuweichen.

»Deshalb also bist du hier.«

»Nein …«

Dieses Nein ist so kraftlos wie die Verteidigung eines angeschlagenen Boxers, der seine Arme nur noch aus antrainiertem Reflex hochnimmt.

»Dieser Perlassi. Jetzt kann er auch noch hellsehen.«

»Nein! Es ist nämlich so«, versucht Aráoz seine Geschichte zu retten wie jemand, der gerade eine Vase zerbrochen hat und die größten Scherben aufsammelt: »Ich musste ganz schön Druck machen in der Zeitschrift, damit mein Chef dieser Reise zustimmt.«

»…«

»Ich bewundere Perlassi. Erinnern Sie sich noch, was ich Ihnen von Deportivo Wilde erzählt habe? Es stimmt, dass Perlassi in Buenos Aires kein großer Name mehr ist. Also habe ich dieses Spiel als Vorwand benutzt, dieses Drama, das, was damals gemunkelt wurde.«

Laut ausgesprochen klingt seine Rechtfertigung noch dämlicher als still gedacht, findet Aráoz. Lépori betrachtet die karierte Tischdecke, zeichnet die Quadrate mit dem Finger nach.

»Ich weiß nicht, mein Junge. Mag sein, dass es bei deinem Chef ein kluger Schachzug war. Aber … bei Perlassi beißt du damit garantiert auf Granit. Außerdem … Scheiße!«

Ein Blitz taucht sie in gleißendes Licht, als wäre die Welt in einer einzigen Flamme aufgegangen. Der nachfolgende Donner ist so stark, dass sie vor Schreck wie betäubt sind. In diesem Moment fällt der Strom aus.

Stumm und reglos sitzen sie da, das Prasseln des Regens dringt in alle Winkel der Wirklichkeit.

»Scheiße«, wiederholt Lépori, nur nicht mehr so erschrocken wie beim ersten Mal.

Aráoz braucht eine Weile, bis seine Atmung wieder einsetzt und er sich davon überzeugen kann, dass er noch lebt. Erst dann kann er die Hand in die Hosentasche stecken und Lépori das Feuerzeug reichen, damit er die Kerosinlampen anzündet. Das Licht, das sie spenden, ist so trüb wie das eines spärlichen Lagerfeuers.

»Eines kann ich dir jetzt schon sagen: Er wird nichts davon wissen wollen«, setzt Lépori das Gespräch fort und schwenkt den letzten Schluck Wein in seinem Glas.

Aráoz flucht innerlich. Weder der Blitz noch der Stromausfall haben den Alten vom Thema abgelenkt.

»So sicher sind Sie sich da?«, fragt er, aber es ist eigentlich mehr ein Flehen.

»So sicher bin ich mir da.«

Ein weiterer Blitz taucht sie in Licht, gefolgt von einem Donner, der sie diesmal nicht erschreckt. Entweder haben sie sich daran gewöhnt, oder sie haben für nichts anderes Ohren als für das Gespräch, das sie gerade führen.

»Du musst bedenken, dass es für Perlassi schmerzhaft sein könnte, wenn all das wieder hochkommt.«

»Hat er mit Ihnen darüber gesprochen?«

»Dreißig Jahre sind lang genug, um über alles Mögliche zu sprechen.«

Der Alte macht ein Gesicht, das ironisch sein will, aber so traurig gerät, dass jede Ironie verloren geht.

»Vor morgen früh kommt der Strom garantiert nicht wieder«, wechselt Lépori plötzlich das Thema. Aráoz muss an einen Plattenspieler denken, der nach einem Stoß mehrere Rillen überspringt. »Offenbar hat es den Transformator erwischt, der an der Landstraße liegt, drüben an der Gabelung. Ich weiß nicht, ob du ihn gesehen hast. Passiert jedenfalls öfter. Bevor das Gewitter sich nicht legt, setzen sie keinen Fuß vor die Tür. Die von der Stromgesellschaft, meine ich. Wir sind bestimmt nicht die Einzigen, die im Dunkeln sitzen. Wenn tatsächlich der Transformator durchgebrannt ist, ist das ganze Dorf betroffen. Hier verläuft nämlich die Hauptleitung, die von Villegas kommt.«

»Es muss nur ein Transformator durchbrennen, und schon sitzt das ganze Dorf im Dunkeln?«

Kaum hat Aráoz es gesagt, bereut er es. Nicht, dass er es gesagt hat, sondern wie er es gesagt hat. Ungewollt hat er wie ein Forscher aus dem neunzehnten Jahrhundert geklungen, der die merkwürdigen Sitten eines exotischen Volksstamms bestaunt. Er hofft, dass Lépori nicht beleidigt ist.

»Nicht das ganze Dorf, das hab ich nur so gesagt: nein, nur die Idioten!« Lépori ist tatsächlich beleidigt, denkt Aráoz entsetzt. »Bei deinen Freunden von Manzis Tankstelle ist es bestimmt so hell wie in einer Gefriertruhe im Supermarkt. Die haben natürlich ein Notstromaggregat.

Sonst können sie nämlich nicht tanken, weil ihre Zapfsäulen alle elektronisch sind. Verbüchsen geht nur von Hand, versteht sich, aber die Manzis sind ja ehrenwerte Leute, die verbüchsen nicht.«

Aráoz will sich schon gegen dieses »deine Freunde« verwahren, überlegt es sich aber anders, weil er spürt, dass jeder Versuch, sich zu verteidigen, alles nur noch schlimmer machen würde. Die Lage ist verfahren genug, da muss er nicht noch Öl ins Feuer gießen.

»Du kommst aus Buenos Aires hier an und bläst dich auf. ›Achtung: Ich bin Journalist von *El Gráfico.*‹« Der Alte begleitet seine Bemerkung mit einer spöttischen Handbewegung. »›Perlassi, altes Haus, schildern Sie doch mal, wie Sie Ihre Mannschaft neunzehnhunderteinundsiebzig in die Scheiße geritten haben. Und erzählen Sie auch ja alles, schließlich bringen wir eine Doppelseite mit Foto und allem Drum und Dran. Die können Sie dann Ihren Enkelkindern zeigen.‹«

Er macht eine Pause und will sich Wein nachschenken, aber die Flasche ist leer.

»›Ach, Perlassi ist nicht da?‹«, fährt er fort. »›So ein Ärger! Egal, dann gehe ich eben seinem Angestellten auf den Senkel. Diese Dorfdeppen haben doch eh nichts zu tun und können froh sein, dass ich mich für sie interessiere.‹«

Aráoz spürt, wie die Wut in ihm hochkocht. Das stimmt alles nicht. Er ist nicht mit dieser Haltung hergekommen, von Trickserereien und Verrat kann nicht die Rede sein. Aber wenn Perlassi sich ihm mit diesem Argument verweigert, kann er einpacken, dann ist sein Grab gebuddelt, und die Schaufel steckt in der ausgehobenen Erde.

Er versucht, sich selber Mut zu machen. Vielleicht muss er nur warten, bis der Zorn des Alten sich gelegt oder die Wirkung des Weins nachgelassen hat. Mit ein bisschen Glück wird beides gleichzeitig eintreten. Kaum hat er das gedacht, fühlt er sich wie ein Idiot: Er, Aráoz, hat sich doch fest vorgenommen, ein neuer Mensch zu werden, einer, den niemand herablassend behandelt, missachtet oder verlässt. Nie. Niemand. Und unter »niemand« fällt auch dieser Alte, selbst wenn er die rechte Hand des einzigen Menschen auf der Welt ist, mit dem Aráoz sich gern unterhalten würde.

»Lecken Sie mich doch am Arsch«, sagt er Lépori ins Gesicht, ohne sich zu verhaspeln und ohne laut zu werden. Weil es ihm gutgetan hat, setzt er noch einen drauf: »Und sagen Sie Perlassi, dass er mich ebenfalls mal am Arsch lecken kann.«

Er steht auf, geht zur Tür und reißt sie auf. Der Regen klatscht ihm so heftig ins Gesicht und auf die Schuhe, dass er zwei Schritte zurückweichen muss. Außerdem treibt ihn der Wind nach innen. Wie er da so steht, kommt es ihm vor, als würde er im Dunkeln duschen. Unwillkürlich streckt er den Arm aus und schließt die Tür, damit der Boden nicht noch nasser wird. Er nimmt es nicht einmal wahr, denn sonst würde er sich diese höfliche Geste vorwerfen, die so ganz und gar nicht zu seinem neuen Rebellentum passt.

»Ist nicht so schlimm …«, sagt Lépori mit müder, wenn nicht gar versöhnlicher Stimme.

»Von wegen ›nicht so schlimm‹«, sagt Aráoz, der sich an der eigenen Empörung weidet und darin von dem guten Willen des Alten noch bestärkt wird. »Kommt man in dieses Scheißzimmer auch, ohne einmal ums ganze Gebäude rumzumüssen?«

Die Antwort des Alten lässt auf sich warten, was beiden Zeit gibt, die Distanz zueinander einzuschätzen.

»Nein.«

Aráoz öffnet erneut die Tür. Es schüttet, als würde jemand Riesenkübel Wasser aufs Vordach gießen. Er macht die Tür wieder zu, kommt sich dämlich vor, wie er da so steht, hinter ihm der Alte, vor ihm die Tür, die er nicht durchschreiten kann, ohne bis auf die Knochen nass zu werden.

Er hört, wie Lépori seinen Stuhl nach hinten rückt und aufsteht. Rötliche Schatten wandern zitternd erst über die vordere, dann über die seitliche Glasfront. Offenbar geht Lépori mit einer Kerosinlampe in die Küche.

»Möchtest du einen Kaffee?« Dem Tonfall nach zu urteilen hat Lépori das Kriegsbeil begraben.

Aráoz überlegt, ob er seine Ehre als gerettet betrachten soll. Wenn er weiter den Beleidigten spielt, läuft er Gefahr, als launenhafter Mensch zu gelten. Also sagt er Ja und kehrt an den Tisch zurück, um die Teller abzuräumen. Er bietet sogar an, das Geschirr zu spülen, aber das übernimmt Lépori lieber selbst. Er wisse am besten, wo was hingehöre, sagt er, aber abtrocknen könne Aráoz gern.

Als der Kaffee fertig ist, setzen sie sich wieder, doch etwas Förmliches hat sich eingeschlichen und macht es ihnen schwer, das Schweigen zu brechen. Während sie den Zucker umrühren, rollt wieder ein lauter Donner über das Blechdach und vermengt sich mit dem Prasseln des Regens. Beide finden keine Worte, und zum ersten

Mal hat Aráoz Angst, dass etwas zwischen ihnen in die Brüche gegangen sein könnte. Sein Groll und sein Wagemut sind verflogen und haben wieder der Angst Platz gemacht, die sich anfühlt wie kratzige Wolle am Hals.

Plötzlich verspürt er einen Impuls, der seinen Vorsatz über den Haufen wirft und ihn dazu treibt, einen Teil der Wahrheit preiszugeben.

»Ich habe Sie angelogen. Ich bin gar kein Journalist.«

Der Alte sieht ihn an, wie um sicherzustellen, dass er das auch wirklich gesagt hat. Dann senkt er den Blick und rührt ein letztes Mal in der Tasse.

»Das habe ich nur gesagt, damit Sie mich nicht gleich wieder davonjagen.«

Lépori nimmt einen Schluck. Danach sieht er Aráoz wieder an, diesmal in die Augen.

»Ich dachte, ich würde mich nur lächerlich machen, wenn ich Ihnen die Wahrheit sage.«

Der Alte stellt seine Tasse auf den Unterteller. Nach wie vor schweigt er. Aráoz kommt sich vor wie ein unbeholfener Gärtner, der unter dem gestrengen Blick des Hausbesitzers wahllos Pflanzen in ein Beet setzt. Ein Satz, eine Pflanze. Noch ein Satz, noch eine Pflanze. Und der Hausbesitzer schiebt sein Urteil auf, bis er das Endergebnis sieht, ein Urteil, das natürlich vernichtend ausfallen wird. Trotzdem bleibt Aráoz nichts anderes übrig, als sich weiter zu erklären.

»Ich wollte Perlassi kennenlernen, stimmt. Ich muss … ich will ihn nach dem Spiel fragen, ja.« Während er spricht, dreht er am Henkel seiner Tasse. »Aber mein Interesse ist rein persönlicher Natur. Ich will es einfach wissen.«

Endlich bricht der Alte sein Schweigen.

»Wer bist du?«

Auf der Landstraße fährt ein Lastwagen scheppernd über den Asphalt und wirbelt so viel Wasser auf, dass es klingt wie ein Gewitter innerhalb eines Gewitters.

»Niemand. Nur ich«, antwortet er und kommt sich vor wie ein Idiot, weil es so selbstmitleidig klingt. Andererseits ist er ehrlich. »Auch mein Name stimmt. Ich heiße Ezequiel Aráoz.«

»Ezequiel«, wiederholt der Alte. Aráoz fällt auf, dass er ihn zum ersten Mal bei seinem Vornamen genannt hat. »Der Name eines Propheten.«

Sollte der Alte eine Antwort erwartet haben, hat er Pech gehabt. Aráoz ist niedergeschlagen, auch wenn er nicht weiß, wie seine Stimmung so sehr umschlagen konnte, dass er jetzt in diesem Loch sitzt. Das Schweigen hält einige Donnerschläge lang an. Aráoz hofft, dass der Alte weiterspricht, um entscheiden zu können, was er offenbaren und was er verbergen soll. Aber Lépori nippt nur an seinem Kaffee, als wäre die Zeit stehengeblieben.

Aráoz fängt wieder an zu sprechen, die Worte sprudeln geradezu aus ihm heraus.

»Meine Frau ist vor einigen Monaten gestorben. Vor sieben, um genau zu sein.«

Ein Windstoß fährt unter der Tür herein und bringt die Flamme der Kerosinlampe zum Flackern. Jetzt wird er mich gleich fragen, wo oder wie oder warum, denkt Aráoz.

»Das tut mir leid.«

Das ist alles, was der Alte sagt. Aráoz begreift, dass er

selbst die Unterhaltung in Gang halten muss, wenn ihm daran gelegen ist.

»Wahrscheinlich fragen Sie sich, was zum Teufel das mit Perlassi zu tun hat.«

Aráoz hat sich schon tausendmal gefragt, wie was womit zusammenhängt, aber der Alte sieht ihn nicht fragend an, sondern aufmerksam.

»Tja, also, ich … Nach dem, was passiert ist … Jedenfalls lag ich fünf Monate nur im Bett und habe die Decke angestarrt. Aufgestanden bin ich nur, um aufs Klo zu gehen. Auch gegessen habe ich kaum.« Wieder dreht er seine Tasse. »Plötzlich musste ich an dieses Spiel denken. An diesen Abend. Ich war nämlich da. Habe ich Ihnen das schon gesagt? Ich war im Stadion. Mein Vater hat mich mitgenommen. Mein Onkel und meine Cousins waren auch dabei.«

Die letzten Worte sagt er mit dünner Stimme, flüstert sie fast, als führten sie nirgendwohin oder als führten sie nicht dahin, wo er hinwill. Er atmet tief ein und spricht weiter. Sein Kaffee ist wahrscheinlich längst kalt.

»Wir sind immer gemeinsam ins Stadion gegangen. Auch an diesem Abend, also habe ich diesen Spielzug gesehen, sehe ihn immer noch vor mir, als wäre es gestern gewesen.«

»Welchen Spielzug?«

»Den, der zum Tor geführt hat, den vom Tanque Villar.«

»Ah.« Offensichtlich weiß Lépori genau, wovon Aráoz spricht. Er nickt, bevor er seinen Kaffee austrinkt.

»Plötzlich habe ich mich daran erinnert. Einfach so. Wie aus dem Nichts. Nach fünf Monaten im Bett und dreißig Zigaretten täglich.«

»Du rauchst?«

»Ja. Nein. Nur ab und zu. Aber in diesen fünf Monaten habe ich geraucht wie ein Schlot. Aus dem Haus gegangen bin ich nur, um Zigaretten zu kaufen. Und etwas zu essen.«

Aráoz hat sich in seiner Geschichte verheddert und verstummt. Um nicht nur dazusitzen, führt er die Tasse an die Lippen und trinkt einen Schluck. Der Kaffee ist kalt. Er verzieht das Gesicht, nimmt aber einen weiteren Schluck, bevor er die Tasse zurück auf den Tisch stellt.

»Fünf Monate lang ging das so. Weil die Jalousie oben war, habe ich dem Lauf der Sonne zugesehen. Einmal hat es geregnet. Heftig geregnet, so wie heute. Reingeregnet hat es, aber ich konnte mich einfach nicht aufraffen, das Fenster zuzumachen. Ich hatte fast Spaß daran, dass meine Beine und die Matratze pitschnass geworden sind.«

Er zieht die Zuckerdose heran und gibt zwei Löffel in seine Tasse. Dann nimmt er wieder einen Schluck. Er erzählt seine Geschichte so distanziert, als wäre sie die eines anderen.

»Plötzlich habe ich mich an das Spiel erinnert. Wie aus dem Nichts. Ich habe dagelegen und über die gleichen Sachen wie immer nachgegrübelt, und da ist es mir wieder eingefallen. Ich konnte an nichts anderes mehr denken als an dieses Spiel. Und ich konnte wieder schlafen, fünf Stunden am Stück.«

Lépori zieht überrascht die Augenbrauen hoch. Er scheint etwas sagen zu wollen, hält sich aber zurück.

»Ich bin aufgestanden, habe das Bett gemacht und mich geduscht. Sie werden vielleicht sagen: So, so, aufgestanden und geduscht. Aber ich versichere Ihnen, dass das eine regelrechte Neuigkeit war. Und alles nur, weil ich rausfinden wollte, was damals passiert ist.«

Plötzlich bricht der Alte sein Schweigen.

»Was soll schon passiert sein? Der Tanque ist fünfzig Meter über den Platz gerannt und hat den Ball im langen Eck versenkt. Eins zu null. Was willst du denn da rausfinden?«

»Warum Perlassi den Tanque nicht gestoppt hat. Warum er ihn die fünfzig Meter hat rennen und in den Strafraum eindringen lassen. Warum er ihn nicht zwanzig Meter vorher umgesäbelt hat.«

»Kann es nicht sein, dass Perlassi einfach zu spät dran war?«

»Nein.«

»Nein? Und wieso nicht?«

»Weil Perlassi immer alle gestoppt hat! Deshalb!«

Lépori sieht ihn wieder so an, als wundere ihn, was Aráoz sagt.

»Vielleicht konnte er es in diesem Augenblick nur nicht. Der arme Kerl war ja keine Maschine.«

»Sie irren sich. Perlassi hat nie einen Fehler gemacht. Und wenn doch, dann hat er den Stürmer umgesenst. Das habe ich mehrmals gesehen.«

»Umgesenst?«

»Meistens hat er es ohne Foul geschafft. Aber wenn ihm nichts anderes übrig blieb, hat er schon mal einen umgesäbelt.«

Durch das Prasseln des Regens dringt leise das Heulen einer Sirene. Lépori reckt den Kopf, um besser hören zu können.

»Mag alles sein«, räumt er ein. »Aber irgendwann ist immer das erste Mal. Kann doch sein, dass es beim Tanque Villar das erste Mal war. Oder etwa nicht?«

»Nein.«

»Wieso bist du dir da so sicher?«

»Sie haben doch vorhin gefragt, ob mich eine besondere Partie interessiert.«

»Weil Perlassi mich gefragt hat, deshalb.«

»Eben! Warum hat Perlassi Sie das gefragt? Einfach so? Von wegen! Er hat Sie gefragt, weil auch er sich daran erinnert! Und an alles, was später gemunkelt wurde!«

»Zum Beispiel?«

Bildet sich Aráoz das nur ein, oder gerät Lépori schon wieder in Rage? Andererseits kann er es nicht einfach auf sich beruhen lassen.

»Alles Mögliche. Aber das ist mir egal. Ich will nur wissen, was damals mit Perlassi los war. Ehrlich. Ich will die Wahrheit wissen.«

»Uff! Die Wahrheit.« Lépori sagt es so, dass Aráoz sich wie ein Idiot vorkommt. Und wenn er auf alles pfeift und nach Hause fährt? »Am besten, du bezahlst dein Zimmer und fährst wieder ab, Junge. Wenn Perlassi zurückkommt, bringt er dich um. Und mich auch, weil ich dich nicht davongejagt habe.«

Lépori klingt nicht verärgert, eher resigniert. Danach schweigen sie eine Weile, als wären ihnen plötzlich die Argumente ausgegangen oder als lauschten sie lieber dem Gewitter, statt sich womöglich Dinge an den Kopf zu werfen, die nicht wiedergutzumachen sind. Die Sirene, die verstummt gewesen ist, beginnt wieder zu heulen.

»Das ist die Feuerwehr«, erklärt Lépori. »Wahrscheinlich tritt die Lagune übers Ufer, und sie müssen die Leute aus den Hütten evakuieren.«

Was geht mich das an?, denkt Aráoz, aber er hütet sich davor, es laut auszusprechen. Hin und her gerissen zwischen Ärger und Trauer, beschließt er, den Weg bis zum bitteren Ende zu gehen.

»Dann ist also alles, was man mir über Perlassi gesagt hat, wahr. Alles.« Allein die Art und Weise, wie er »alles« sagt, ist so beleidigend, dass Lépori den Fehdehandschuh aufnimmt.

»Ach ja? Und was hat man dir gesagt?«

»Dass alle Spieler geschmiert waren. Dass sie sich verkauft haben. Dass sie das Spiel abgeschenkt haben. Dass sie Arschlöcher waren. Und dass Perlassi als Kapitän der Rädelsführer war.«

Lépori antwortet nicht sofort. Aráoz hätte gern sein Gesicht studiert, aber das zittrige Licht der Kerosinlampen lässt es nicht zu.

»Wer hat dir das gesagt?«

Zum Glück ist das Buch gut gebunden. Mit Fäden. Der Einband ist dick und aus Leder. Andernfalls wäre es längst zerfleddert, so oft hat er es gelesen. Aráoz steht am Fenster und schlägt es auf einer beliebigen Seite auf. Jemand spuckt ein Kaninchen. Dann ist es doch keine beliebige Seite. Aráoz lächelt und klappt das Buch wieder zu.

Jetzt ist es Aráoz, der sich Zeit lässt. Er hat nie gezählt, wie viele neunzehnhunderteinundsiebzig so dahergeredet haben. Weil das Gespräch mit Lépori aus dem Ruder gelaufen ist und er eine Pause braucht, ist jetzt vielleicht ein guter Moment, um es nachzuholen, denkt er sich.

Sein Vater: eins. Sein Onkel: zwei. Während sein Vater noch geschimpft hat wie ein Rohrspatz, hat Perlassi sich an den Gegnern vorbeigedrängt, die sich im Strafraum in den Armen lagen, hat sich gebückt, um den Ball aus den Maschen zu holen, und ist wie ein Windhund zum Mittelkreis gerannt, um den Anstoß auszuführen.

»Was beeilst du dich jetzt plötzlich, du Dieb«, hat sein Vater gerufen. Aráoz hat es genau gehört, ja sogar gesehen, denn in diesem Augenblick hat er zu ihm aufgesehen. Sogar aus der Nase ist seinem Vater der Dampf gekommen. Und die Worte sind ihm durch die Lippen geschlüpft, die zu einem Schlitz zusammengepresst waren, als hätte er sie lieber im Mund behalten. Es waren nur wenige Worte, aber sie fühlten sich an wie eine Stricknadel, die in seinen Bauchnabel gestochen wird. Nicht so sehr die Worte selbst, sondern vielmehr der Ton, in dem sein Vater sie gesagt hat. Die Worte selbst hat Aráoz gar nicht richtig verstanden. Er war erst acht, und mit acht hat man noch kein Gespür für Sarkasmus. Trotzdem haben sie sich ihm eingebrannt, weil er immer Panik bekam, wenn sein Vater in diesem Ton sprach. Damals wusste Aráoz schon, dass Angst ein guter Helfer sein kann, um sich Dinge zu merken. Manchmal redete sein Vater so. Nicht immer. Aber wenn er die Fäuste ballte, die Augen zusammenkniff und sich die Lippen unter seinem Schnauzbart kaum bewegten, dann war es für Aráoz so, als würde ein Vulkan Eis spucken. Eis, das alles durchschnitt, was ihm in den Weg kam. Das mit dem Eis hat Aráoz erst später gedacht, als er größer war, denn man muss erst erwachsen werden, um zu begreifen, dass man auf die glatte Oberfläche der Angst Worte häufen kann. Wie oft hat Aráoz zu leiden gehabt unter dem, was sein Vater zu ihm gesagt hat, unter dem Blick seiner Augen, die so dunkel waren wie der Lauf eines Revolvers. Als er in der ersten Klasse die Milch auf dem Schulkittel verschüttet hat zum Beispiel. Da hat sein Vater ihn böse angesehen, sehr böse, und zu ihm gesagt: »Bei dir ist Hopfen und Malz verloren: einmal Idiot, immer Idiot.« Oder als er damals ins Zimmer gekommen ist, wo Aráoz gerade einen Pinkelfleck von der Matratze reiben wollte. Aráoz hat zur Tür geschaut, seinen Vater auf der Schwelle stehen sehen und ist erstarrt, als hätte ihn die Polizei beim Verscharren einer Leiche ertappt. Sein Vater hat ihn mit diesem Blick angesehen und gesagt: »Ich weiß auch nicht, warum ich auf deine blöde Mutter gehört habe.« Und dann hat er die Tür zugeknallt. Aráoz hat geheult, weil er genau verstanden hat, was sein Vater damit meinte. Er hatte nämlich mitgekriegt, wie er bei einem Streit mit seiner Mutter gesagt hatte: »Als wir noch zu zweit waren, haben wir uns besser verstanden, Mabel. Nur du und ich. Ich weiß auch nicht, warum ich auf dich gehört habe.« Damals, im Stadion, in dieser unseligen Nacht, hat sein Vater gesagt: »Was beeilst du dich jetzt plötzlich, du Dieb.« Mit genau dieser Stimme. Mit diesen Augen.

Sein Onkel: zwei. Ebenfalls im Stadion. Während sein Vater das mit dem Dieb sagte oder kurz danach, hat Onkel Quique sich die Haare gerauft. Er hat sich mit beiden Händen an den Kopf gefasst, die Finger gekrümmt und gesagt: »Die sind alle geschmiert.« Aráoz hat verstanden, was er damit sagen wollte. Wenn man regelmäßig ins Stadion geht, lernt man so einiges. Aráoz wusste also schon, was »schmieren« bedeutet. Es bedeutet, dass man gegen Geld absichtlich verliert, was nur eine andere Art ist, das Gleiche wie sein Vater zu sagen. »Dieb.« Sein Onkel hat es nur anders ausgedrückt, nicht so wütend, nicht so angewidert. Sein Onkel war nämlich nicht so. Aráoz mochte ihn sehr.

Es hatte also seinen Grund, dass Aráoz manchmal, aber nur an schlimmen, wirklich schlimmen Tagen davon träumte, der Sohn von Onkel Quique zu sein. Warum war er nicht der Sohn seines Onkels? Warum hat Gott ihn nicht woanders zur Welt kommen lassen? Zum Beispiel gleich um die Ecke, drei Querstraßen weiter in Richtung der Avenida Tres de Febrero. Außerdem hätte er dann Brüder. Diego und Enrique. Wäre kein Einzelkind. Man würde ihn nicht so ansehen. Na ja, sein Vater würde ihn vielleicht immer noch so ansehen, aber das wäre nicht so schlimm, weil er ja sein Onkel wäre und nicht sein Vater und es etwas anderes ist, ob einen der Onkel so ansieht oder der Vater. Oder solche Sachen sagt.

Jedenfalls hat auch sein Onkel es gesagt. »Die sind alle geschmiert«, was auch Perlassi mit einschloss. Oder vor allem Perlassi. Denn er war der Kapitän, er hat den Tanque laufen lassen, er hat nicht verhindert, dass er in den Strafraum eindrang und das Tor schoss, er, Perlassi.

Die Cousins: drei und vier. Diego: drei, Enrique: vier. Gut, sie waren zu der Zeit noch Kinder, und was Kinder sagten, zählte damals nicht viel. Trotzdem. Geschrien haben sie es. Von oben auf dem Zaun. Onkel Quique ist nicht eingeschritten, hat zugelassen, dass sie hochkletterten, spuckten und Steine warfen. Nicht weil er es guthieß, nein, sein Onkel war ein friedfertiger Mensch, sondern weil er so fassungslos war, dass alles, was geschah, wie eine Halluzination war, wie ein Albtraum. »Arschlöcher, Arschlöcher«, haben seine Cousins gebrüllt. Seine Cousins und die große Masse. Und sie haben ihre Lippen durch den Zaun gepresst und gespuckt.

In den folgenden Tagen, auf dem Bolzplatz, haben es auch die Jungs aus dem Viertel gesagt. Fünf, sechs, sieben, acht.

Und Don Roque, der Lebensmittelhändler, als Aráoz am darauffolgenden Samstag die Einkäufe erledigt hat. »Diese Verbrecher, ganz Wilde haben sie verarscht, obwohl wir sie hier bedingungslos unterstützt haben«, hat er empört zu zwei Männern im Laden gesagt, die nickten. Aráoz hat sofort kapiert, dass es um das Spiel ging. Und um Perlassi.

Aráoz hat jetzt alle beisammen. Draußen tobt nach wie vor das Gewitter.

»Neun«, sagt Aráoz laut.

»Neun was?«, fragt Lépori. Aber Aráoz hat keine Lust zu antworten und schweigt.

Aráoz sitzt am Zugfenster, auf dem Schoß das Buch, das wie eine Bibel aussieht, die Beine eng zusammen, der Rücken aufrecht, steif wie immer, wenn er sich an Orte wagt, die er nicht kennt. Vermutlich sieht er aus wie ein Quäker, der in die Wildnis vordringt, um die Eingeborenen zu bekehren.

Plötzlich wird er abgelenkt. Ein übelkeiterregender Geruch umweht ihn von der Seite. Er hebt den Blick: Vor ihm steht ein pummeliger Schaffner, der stinkt wie die Pest. Der Mann knipst seine Fahrkarte und sagt freundlich, dass er seit ewigen Zeiten auf dieser Strecke fährt und noch nie jemand in O'Connor ausgestiegen ist.

Aráoz spitzt die Ohren und fragt sich, was anders ist an dem Prasseln des Regens, das jetzt viel hohler klingt als vorher. Schließlich wird ihm klar, dass die Tropfen nicht mehr auf den Boden fallen, sondern auf das Wasser, das nicht mehr abfließen kann. Das Donnern klingt jetzt ferner, zieht ab in Richtung Süden wie die Kanonenschläge einer zu Ende gehenden Schlacht.

Aráoz und Lépori sitzen immer noch am Tisch, ohne miteinander zu reden. Sie schauen bestürzt und ein bisschen dämlich drein wie Menschen, die gerade einer Katastrophe entgangen sind und in sich hineinhorchen, ob ihr Körper ein Lebenszeichen von sich gibt. Über das gleichmäßige Prasseln des Regens legt sich das Heulen einer Sirene. Sie klingt anders als vorhin. Schriller. Und die Drehfrequenz ist höher. Außerdem scheint das Heulen näher zu kommen.

»Das ist die Feuerwehr«, erläutert Lépori, ohne dass Aráoz ihn darum gebeten hätte. »Sie holen die Medinas raus.«

Die Sirene schwillt an, bis das Heulen den ganzen Raum ausfüllt, bis hinein in Aráoz' Schädel. Erst jetzt ertönt das Motorengeräusch des Fahrzeugs, das mit Höchstgeschwindigkeit angerast kommt, und das Quietschen der Bremsen, als es an der Gabelung auf den Nebenweg abbiegt. Als der Feuerwehrwagen an der Tankstelle vorbeifährt, huschen weiße und rote Flecken über die Wand, und es schmerzt in den Ohren, aber nur kurz, dann lässt das Dröhnen nach, und sie sitzen wieder im Dunkeln.

»Es ist immer das Gleiche«, sagt Lépori. »Medinas Hütte liegt direkt am Ufer der Lagune, aber er will partout dort wohnen bleiben. Um ihn nicht immer wieder retten zu müssen, hat die Gemeinde ihm ein Haus und ein Stück Land angeboten, damit er seine vier bekloppten Tiere halten kann. Aber nichts zu machen. Der Alte lässt sich nicht dazu bewegen, von dort wegzuziehen.«

Aráoz steht auf, weil er plötzlich ein unwiderstehliches Verlangen nach Matetee verspürt. Ein harmloses Laster im Vergleich zu den dreißig Zigaretten täglich, denkt er.

»Ich werde einen Mate machen. Möchten Sie auch?«

»Gern, mein Junge. Dabei geht es nicht nur um den Alten, sondern um seine ganze Familie. Insgesamt sind es fünfzehn Leute. Alle ziemlich grob gestrickt. Und stur. Die lassen sich einfach nichts sagen. Einmal, als das Feuerwehrauto kaputt war, haben sie mich angerufen und gebeten, sie mit dem Pritschenwagen rauszuholen. Damals hat auch so ein Gewitter getobt wie heute. Vielleicht war es sogar noch heftiger. Ich weiß nicht, es war Tag, und wenn es hell ist, sieht man den Regen besser. Als ich ankam, stand im Haus schon einen Meter hoch das Wasser. Noch dazu hat der Alte seine Hütte an der tiefsten Stelle gebaut, dort, wo das Wasser zuerst über die Ufer tritt. Ausgerechnet dort. Jedenfalls habe ich meinen Wagen fünfzig Meter entfernt geparkt, da, wo das Gelände ansteigt, damit ich hinterher auch wieder wegkomme. Die Medinas saßen auf dem Dach, mit dem Fernseher und der Waschmaschine.

Den Fernseher retten sie immer als Allererstes. Aber im Vorjahr hatte seine Frau auf dem Jahrmarkt eine Waschmaschine gewonnen. Frag mich nicht, wie sie die aufs Dach gekriegt haben, das kann ich mir bis heute nicht erklären. Statt sie zur Anhöhe zu tragen, haben sie diesen schweren Brocken aufs Dach geschleppt. Jeder normale Mensch hätte sie dahin getragen, wo ich das Auto geparkt habe, aber nicht die Medinas. Wahrscheinlich mussten alle fünfzehn mit anpacken, um das Ding durch die Dachluke zu wuchten. Ich hab ihnen zugerufen, sie sollten herkommen, ich würde sie in mehreren Fuhren in Sicherheit bringen. Der Feuerwehr hätte ich Bescheid gegeben, dass sie mit dem Boot anrücken sollen, weil man mit dem Lastwagen nicht mehr durchkäme. Außerdem sei man quer über die Lagune schneller als außenrum.«

Aráoz kommt mit der Thermosflasche und der Calabaza. Merkwürdig, dieser Alte. Gerade eben hätte er ihn beinahe mit einem Tritt in den Hintern davongejagt, und jetzt erzählt er ihm diese Geschichte, als wäre nichts gewesen. Außerdem kann er gut erzählen, denkt Aráoz.

»Jedenfalls haben sich alle fünfzehn da oben auf dem Dach um die Waschmaschine geschart und beratschlagt, was sie tun sollen. Vor allem die Männer natürlich. Die Frauen und die Kinder hielten sich etwas abseits und warteten ab, was die Männer entscheiden würden. Ich konnte zwar nicht hören, was sie sagten, aber es war offensichtlich, dass die Truppe dem Alten den Gehorsam verweigerte, denn der schlug mehrmals mit der Faust auf den Deckel der Waschmaschine und fuchtelte wild mit den Händen. Zack, noch ein Schlag, und wieder zack, noch ein Schlag, mit richtig Wut im Bauch … Und auf einmal, ich weiß nicht, ob es Zufall war, jedenfalls schlägt der Alte wieder auf die arme Waschmaschine ein, und es kracht plötzlich, die Frauen kreischen auf, und die Waschmaschine sackt ab.«

»Das Dach?«

»Klar! Bei dem Gewicht, das da oben versammelt war, haben die Dachbalken nachgegeben. Als Erstes ist natürlich dieses Ungetüm eingebrochen. Der Alte hatte nichts Besseres zu tun, als sich in den Spalt zwischen Dach und Waschmaschine zu quetschen.«

»Um ein weiteres Absacken zu verhindern?«, fragt Aráoz, der beinahe laut losgelacht hätte.

»Genau! Der alte Spinner hat sich in den Spalt gestürzt wie ein Keil und das Monster umklammert, während die restliche Familie wie verrückt geschrien hat. Zwei Söhne sind vom Dach gesprungen und ins Haus eingedrungen, um von unten einzugreifen. Offenbar konnten sie den Alten gerade noch an den baumelnden Füßen packen. Nicht auszudenken, was passiert wäre, wenn er abgestürzt wäre und das Trumm ihn unter sich begraben hätte.«

»Und Sie?«

»Wenn ich ehrlich bin, wusste ich nicht, ob ich mich ins Wasser werfen und ihnen zu Hilfe eilen oder mich auf den Boden schmeißen und mir vor Lachen ins Hemd machen sollte. Aber ich konnte sie ja nicht hängenlassen, also bin ich durchs Wasser gewatet, bis zur Hüfte nass, um die beiden Medinas im Erdgeschoss zu unterstützen. Zum Glück kam in dem Moment das Boot der Feuerwehr.

Alle haben mit angepackt, um die Waschmaschine zurück aufs Dach zu befördern und den Alten abzuhängen, der in die Länge gezogen war wie ein Kaugummi. Und gehustet hat er, der Arme, wie ein Schwindsüchtiger, und sich an die Brust gefasst. Aber er hat nicht gejammert, sonst hätte ihn seine Frau wahrscheinlich an Ort und Stelle erwürgt. Stattdessen hat er vor Stolz übers ganze Gesicht gestrahlt. Kaum war er wieder bei Atem, hat er angefangen, sich selber zu loben: ›Ich habe sie gerettet‹, hat er geprahlt, ›ich habe sie gerettet.‹ Am schlimmsten war, dass er so lange auf die Feuerwehrleute eingequatscht hat, bis sie einverstanden waren, das Ding gleich mit zu evakuieren.«

»Mit dem Boot?«

»Klar! In einer ersten Fuhre haben wir die Frauen und Kinder weggebracht, dann die männlichen Mitglieder der Familie und schließlich den Alten mit seiner Waschmaschine. Und die ganze Zeit über hat es geschüttet wie aus Kübeln. Die Feuerwehrleute hätten ihn am liebsten auf den Mond geschossen. Der ›lebende Keil‹ ...«

Aráoz kann nicht mehr an sich halten und bricht in Gelächter aus, das Lépori ansteckt.

»Warte! Das Beste kommt noch!«

»Was? Die Geschichte ist noch nicht zu Ende?«

»Neiiin! García, der Einsatzleiter, hat mit angepackt, um die Waschmaschine in den Lagerschuppen der Schule zu schleppen, wo die Familie vorerst untergebracht wurde. Weil ihm der Apparat ziemlich schwer vorkam, hat er den Alten gefragt: ›Hören Sie mal, Don Medina, wieso wiegt das Ding eigentlich so viel?‹«

»Und?«

»Der Alte machte ein unschuldiges Gesicht und sagte: ›Das ist wegen der Kleidung, Programm vier, Wollwäsche.‹«

»Die Waschmaschine war gefüllt?«

»Bis oben hin! Kannst du dir das vorstellen? Sechzig, siebzig Kilo nasse Wollsachen!«

Aráoz fasst sich an den Bauch, weil er vor Lachen gleich zu platzen droht.

»Die ganzen Pullover der Medinas, evakuiert auf dem Feuerwehrboot!«

»Was für ein Irrsinn!«

»In dem Augenblick fiel mir wieder ein, dass der Alte auf dem Weg von der Hütte zum Boot den Schlauch in die Höhe gehalten hat, als hinge daran ein mit Gas gefüllter Luftballon. Na klar, habe ich gedacht, er wollte nicht, dass das Wasser abfließt …«

»Nicht zu fassen …«

»Ja! Und kaum war das Ding im Schuppen, hat der Alte einen seiner Jungs losgeschickt, um nach einer Steckdose zu suchen. Und dann hat er die Waschmaschine angeschlossen, damit das Programm zu Ende laufen konnte. Den Teil habe ich mit eigenen Augen gesehen: der alte Medina, wie er mitten im Raum steht, tropfnass, die Hände in die Hüften gestemmt, und das Drehen der Waschtrommel betrachtet, als wäre er vom technischen Prüfdienst.«

Aráoz nimmt den Mate entgegen und gluckst vor sich hin.

»Seine Zufriedenheit hielt aber nicht lang an. Der Arme hatte nicht weit genug gedacht und vergessen, den Wasserschlauch anzuschließen. Als der Hauptwaschgang beendet war und der Spülgang einsetzen sollte, bemerkte er den Schlamassel.«

»Der Arme! Die ganze Mühe umsonst«, sagt Aráoz mitleidig.

»Von wegen der Arme! Er hat alle seine Sprösslinge losgeschickt, um nach einem Schlauch zu suchen. Und keine Ruhe gegeben, bis einer seiner Söhne zur Hütte gefahren ist, um den Originalschlauch zu holen. Mal sehen, was er sich heute wieder leistet, der alte Spinner. Ich hoffe, er nervt nicht zu sehr rum bei diesem Regen und mitten in der Nacht …«

»Was für eine verrückte Geschichte.« Aráoz sieht mit glänzenden Augen auf den Tisch und sagt, ohne darüber nachzudenken, ob das gut oder schlecht ist: »Ich habe schon seit langem nicht mehr so gelacht.«

Der Alte nickt lächelnd und nimmt den Mate entgegen. Dann schweigen sie eine Weile.

»Wie hieß sie?«, fragt Lépori plötzlich.

Aráoz wundert sich nicht über die Frage und antwortet einfach.

»Leticia. Sie hieß Leticia.«

Um elf Uhr sitzt Aráoz still am Küchentisch und trinkt Milch. Auf dem Stuhl neben ihm steht der Lederranzen mit seinen Schulsachen. Er platzt fast aus den Nähten und ist so schwer, dass Aráoz Angst hat, der Griff könnte abreißen. Trotzdem traut er sich nicht, irgendetwas rauszunehmen. Es könnte ja sein, dass ein Lehrer eine Hausaufgabe sehen will oder in einem Fach eine Prüfung ansteht und er ausgerechnet an dem Tag die Sachen zu Hause vergessen hat. Eigentlich dürfte das nicht pas-

sieren. Eigentlich hat in der sechsten Klasse, anders als in der vierten oder fünften, jedes Fach seinen festen Tag und seine feste Stunde. Seine Mama hat ihm schon oft gesagt, dass er nicht immer alles mitzunehmen braucht. Aber der elfjährige Aráoz fühlt sich wohler, wenn er seine Schulsachen alle dabeihat.

Aráoz starrt schon seit einer ganzen Weile an die Decke, aber er kann trotzdem nichts erkennen, keine Formen, keine Schatten, keine Reliefs, die dem Dunkel eine Grenze setzen würden.

Vielleicht hat seine Mutter recht, aber er will es lieber nicht riskieren. Er will keine schlechte Note. Und er will auch nicht getadelt werden. Aráoz will nur eins: so wenig auffallen wie möglich. Deshalb nimmt er lieber alles mit. Immer.

Ein Abend im Dunkeln in Wilde ist nicht das Gleiche wie ein Abend im Dunkeln in O'Connor, denkt Aráoz.

Seit neulich weint seine Mama die ganze Zeit. Wenn er da ist, versucht sie, sich zusammenzureißen. Aber Aráoz merkt an den geröteten Augen, dass sie geweint hat. Außerdem ist es im Haus so still, dass er sie im Schlafzimmer weinen hört, wenn er seine Hausaufgaben macht.

In Wilde ist ein bedeckter Nachthimmel eine graue Decke, die die Lichter der Stadt spiegelt.

Aráoz ärgert sich, dass seine Mutter weint. Er will nicht, dass sie weint. Er will, dass sie froh ist. Wenn seine Mama nicht froh ist, kann auch Aráoz nicht froh sein. Und Aráoz hat große Lust, froh zu sein.

In O'Connor ist ein bedeckter Nachthimmel ein schwarzes Loch, das gar nichts spiegelt. Deshalb ist das Zimmer wie ein verplombter Sarg.

Aráoz versteht seine Mutter nicht. Sie weint und weint und weint. Hör auf zu weinen, würde er ihr gern sagen. Hör auf, es ist besser so, nur wir beide. Aber er sagt es nicht.

Die Regel Nummer eins bei Schlaflosigkeit lautet: Schau nie, niemals auf den Wecker. Trotzdem streckt Aráoz die Hand nach dem Stuhl aus, den er als Nachttisch benutzt, und drückt den Knopf für die Leuchtanzeige. Dann sieht er zu, wie sich der Sekundenzeiger mit einem wattigen Ticken weiterbewegt.

Wie kann es sein, dass seine Mutter immer noch weint? Es muss wegen Papa sein, denkt der elfjährige Aráoz. Wegen seines Auges kann es nicht sein, denn die Schwellung ist kleiner geworden, und wenn die Schwellung kleiner wird, tut es nicht mehr so weh, und wenn Aráoz das weiß, dann müsste es eigentlich auch seine Mutter wissen.

Er ärgert sich, dass seine Mutter sich so aufführt. Als er klein war, wäre er gern der Sohn von Onkel Quique gewesen, aber er hat diesen Traum irgendwann aufgegeben, weil seine Mutter dann nicht seine Mutter gewesen wäre. Und jetzt, ausgerechnet jetzt, führt sie sich so auf?

Dass es fünf Uhr fünfzehn ist, beruhigt ihn nicht, aber wenigstens fühlt er sich jetzt nicht mehr wie in einem Sarg und unter der Erde. Schließlich wird man nicht mit einem Wecker an der Seite begraben, damit man nach ihm greifen und – tack, tack – sehen kann, dass es fünf Uhr sechzehn ist.

Kann es sein, dass es seiner Mama lieber gewesen wäre, wenn statt seines Papas er, Aráoz, gegangen wäre? Und dass sie deshalb nicht aufhört zu weinen?

Donnerstag, 8. Oktober

Als Aráoz das Zimmer verlässt, ist er noch ganz benommen vom Schlaf und sein Körper taub. Langsam kehrt die Erinnerung an den Sturm der vergangenen Nacht zurück, und auf dem Weg zur Toilette registriert er die Folgen des Unwetters: Überall liegen abgerissene Äste herum, unter den Eukalyptusbäumen steht Wasser, vereinzelt sieht er einen toten Vogel. Im Gegensatz zu den Vortagen ist es kalt, und graue Wolken verdüstern den Himmel, was auf weiteren Regen schließen lässt.

Er drückt auf den Lichtschalter, aber die Toilette bleibt dunkel. Offenbar ist der Stromausfall noch nicht behoben. Er verwendet so wenig Wasser wie möglich, denn er vermutet, dass der Tank sich nicht mehr füllen lässt, wenn er erst einmal leer ist. Deshalb spritzt er sich nur ein bisschen Wasser ins Gesicht und spült die Zahnpasta mit einem einzigen Schluck aus. Nach kurzem Zögern betätigt er die Spülung, weil er nicht als Schmutzfink gelten will. Als er aus der Toilette kommt, trifft er auf Lépori.

»Guten Tag, meine Junge. Hast du gut geschlafen?«

Aráoz zuckt mit den Schultern.

»Wissen Sie, wann es wieder Strom gibt?«

Der Alte, die Hände in den Hosentaschen, fordert ihn mit einem Kopfnicken auf, ihm zu folgen.

»Gerade waren die Jungs von der Stromgesellschaft da und haben sich den Schaden angesehen. Scheint so, als müssten sie in Lincoln einen neuen Transformator bestellen. Vor heute Nachmittag wird der bestimmt nicht geliefert.«

»Ärgerlich, oder?«

»Na ja. Es sind ja alle im Dorf betroffen. Bei La Metódica ruht die Arbeit, und weil die Lastwagen ihre Ladung nicht aufnehmen können, haben wir heute einen ruhigen Vormittag. Im schlimmsten Fall geht's am Abend los, dann heißt es schuften bis in die späte Nacht. Sonst morgen früh.«

»Es sei denn, sie tanken bei Ihrem Freund Manzi, um Zeit zu sparen.« Aráoz neckt ihn ein bisschen.

»Mein Freund ist der bestimmt nicht. Deiner vielleicht.« In Léporis Stimme schwingt Ironie mit, und beide lächeln. Aráoz ist froh, dass wenigstens diese Front geklärt ist. Was die anderen Fronten angeht, ist er sich nicht so sicher, traut sich aber auch nicht zu fragen.

»Außerdem hat der alte Medina mich angerufen.«

»Ach ja?«

Aráoz, bei dem das »außerdem« Hoffnungen geweckt hat, versucht seine Enttäuschung zu verbergen.

»Ja. Er hat mich gebeten, bei seiner Hütte vorbeizufahren, weil er Angst hat, dass man ihm die Fensterläden klaut.«

»Die Fensterläden?«

»Ja. Der Alte ist stolz wie noch was, weil er und sein Sohn sie selbst gezimmert haben. Sein Sohn ist nämlich Schreiner. Na ja, Schreiner – sagen wir lieber, er hat ein Händchen für Holz.«

»Und die Waschmaschine?«

»Die hat er schon gestern in Sicherheit gebracht. Was glaubst du denn? Als die Feuerwehrleute ankamen, hat Medina schon auf der Anhöhe gewartet, mit mehreren Kindern … und der Waschmaschine.«

»Tatsächlich?«

»Wenn ich's doch sage. ›Ich lasse mich nicht noch mal kalt erwischen‹, hat er angeblich zu García gesagt. Der wiederum war froh, dass das Ding diesmal nicht gefüllt war.«

»Wenigstens das, sonst ...«

In der sanften Stille, die folgt, dreht Aráoz sich um und bemerkt, dass die Tankstelle schon gut zweihundert Meter hinter ihnen liegt.

»Wohin gehen wir eigentlich?«

»Habe ich doch gesagt: Medina hat mich gebeten, ein Auge auf seine Fensterläden zu werfen.«

»Besteht wirklich die Gefahr, dass sie geklaut werden?«

»Ach was! Du solltest sie mal sehen. Das sind vier schlecht zusammengenagelte Bretter, aber Medina liebt sie so innig wie seinen jüngsten Enkel. Wenn ich schon mal da bin, sehe ich nach, ob das Wasser bereits gesunken ist, was ich allerdings nicht glaube. Es fließt zwar schnell ab, aber bei den Mengen, die gestern runtergekommen sind.«

Sie erreichen die Silos. Vier Ungetüme, davor der Lkw-Parkplatz, darum ein Zaun. Auf dem mittleren Silo steht in verbleichten Buchstaben *La Metódica*. Aráoz verrenkt sich fast den Hals, um die Anlage so lange wie möglich sehen zu können. Schon als Kind hat ihn alles fasziniert, was groß und düster war. Verfallene Gebäude, gekenterte Schiffe in einem Flussbett, vertrocknete Bäume.

»Gefallen dir die Dinger etwa?«, fragt Lépori, ohne stehenzubleiben, mit ungläubigem Gesicht.

»Ehrlich gesagt, ja.« Aráoz hat keine Lust, es näher zu erläutern.

»Neulich bei unserer Angeltour sind wir hier abgebogen. Erinnerst du dich?« Lépori deutet auf einen Pfad, der links in die Büsche führt. »Diesmal gehen wir noch ein Stück weiter, bis dahin, wo der Asphalt aufhört. Noch eins Komma zwei, eins Komma drei Kilometer.«

»Macht man hier alles zu Fuß?«

»Meistens schon, ja.«

»Merkwürdig.«

Lépori sieht ihn fragend an.

»Ich meine, wo Sie doch die Tankstelle haben.«

»Wenn ich eine Metzgerei hätte, müsste ich dann deiner Logik nach auf einer Kuh durch die Gegend reiten?«

Aráoz hätte durchaus eine Antwort parat, aber er will das Gespräch lieber in eine andere Richtung lenken.

»Hat Perlassi erzählt, wie's bei ihm so läuft?«

»Mit der Reise?«

»Ja.«

»Nein. Aber irgendwas wird er schon an Land ziehen.«

»Zum Beispiel?«

Sofort bereut Aráoz sein Vorpreschen. Gestern Abend ist seine Neugier dem Alten sauer aufgestoßen, und das will er nicht noch einmal erleben. Aber diesmal antwortet Lépori ganz normal.

»Er versucht Fuhrunternehmen davon zu überzeugen, ihre Lastwagen bei ihm tanken zu lassen. Dafür bietet er ihnen den Diesel ein bisschen billiger an und lässt sie anschreiben.«

»Ist er gut? Ein guter Verkäufer, meine ich.«

»Wieso?«

»Weiß nicht. Ich kann ihn mir nur schwer als Unternehmer vorstellen. Für mich ist er wie auf dem Foto aus

El Gráfico. Locken, Schnauzbart, Koteletten und kurze Hose.«

Lépori bricht in Gelächter aus.

»Was ist? Hat er sich sehr verändert?« In Aráoz' Stimme schwingt die Angst mit, seine Nachforschungen könnten in die falsche Richtung laufen.

»Was glaubst du denn? Das ist fünfunddreißig Jahre her! Wir werden alle älter!«

»Natürlich, klar.« Natürlich, klar? Aráoz ist immer noch verwirrt.

»Diese Facundo-Quiroga-Koteletten sind ab, und von Locken kann nicht mehr die Rede sein. Den Schnauzbart hat er sich abrasiert, weil er ihn älter macht. Und in die kurze Hose kommt er nicht mal mehr mit dem Fuß rein.«

»…«

»Der arme Perlassi würde sich nur lächerlich machen. Ein alter Sack in kurzen Hosen ist wie ein Baby im Anzug. Findest du nicht?«

Aráoz weiß nicht, was er antworten soll, aber weil Lépori gesprächiger ist denn je, traut er sich nachzuhaken.

»Wenn Perlassi einen Auftrag an Land gezogen hat, kommt er dann vor Montag zurück? Ich meine nur, weil Sie, als ich hier ankam, gesagt haben …«

Lépori zieht die Augenbrauen hoch und sieht ihn an.

»Und ich hab dir auch gesagt, dass er dich davonjagen wird, wenn du ihm mit dem Spiel gegen Lanús und dem Abstieg einundsiebzig ankommst. Oder etwa nicht?«

Er spricht ohne Groll, ruhig und natürlich wie jemand, der etwas wiederholt, damit der andere es endlich begreift. Aráoz antwortet nicht und hält den Blick auf den brüchigen Asphalt gerichtet, um nicht in eine Pfütze zu treten und sich die Schuhe nass zu machen.

»Hast du außer mit deiner Familie sonst noch mit jemandem über diese Sache damals gesprochen?«

Diesmal ist es Aráoz, der überrascht zu Lépori schielt. Wenn er sich nicht irrt, ist das das erste Mal, dass der Alte das Thema anschneidet, ohne dass er ihn dazu gedrängt hat. Er antwortet schnell, um keinen Zweifel aufkommen zu lassen.

»Ja. Mit einigen. Vor kurzem erst.«

»Mit wem?«

»Mit Leuten vom Club. Älteren Leuten, die damals im Verein das Sagen hatten.«

»Ach ja?«

»Ja. Als ich mich entschlossen hatte, mehr darüber rauszufinden, habe ich meinen Cousin angerufen. An das Ereignis selbst haben sich alle erinnert, aber ich musste jemanden finden, der mehr zu sagen hatte als bloß: ›Wie konnte uns Perlassi nur so verarschen?‹«

»Ernsthaft?«

»Was?«

»Haben sie das ernsthaft über Perlassi gesagt?«

»Ja, alle.« Aráoz vespürt leichte Gewissensbisse, weil in Wirklichkeit nicht alle so reagiert haben. Aber dieser Hauch von Ärger, der sich auf Léporis gerunzelter Stirn Ausdruck verleiht, ist ihm nur recht. Wenn der Alte so gern Perlassis Verteidiger spielt, soll er doch. Bitte schön.

»Wer hätte das gedacht … Und?«

»Na ja, ich habe einen Mann namens Migliore ausfindig gemacht, der in den Siebzigerjahren Schatzmeister war. Und dann habe ich noch jemanden befragt, der heute fast schon eine Mumie ist: Adolfo Samaritano, den damaligen Vizepräsidenten.

»Ach. Der lebt noch?«

»Wie? Sie kennen ihn?«

»Na ja, über Perlassi eben. Als ich mal nach Buenos Aires gefahren bin, um ihn spielen zu sehen. Migliore habe ich auch getroffen. Weil ich ein Freund von Perlassi war, durfte ich sogar mit in die VIP-Loge.«

Lépori bleibt kurz stehen, um einen Grashalm zu rupfen, auf dessen Stiel er dann herumkaut.

»Ich dachte, Sie und Perlassi sind keine richtigen Freunde …«

»Ach, Junge. Bist du immer so pingelig mit Worten?«

Aráoz schweigt so lange, dass man meinen könnte, er sei beleidigt. Tatsächlich überlegt er sich nur seine Antwort gut.

»Ehrlich gesagt, ja«, sagt er. »Ich hab da noch eine Rechnung offen, was Worte und Wahrheit angeht.«

Der Alte sieht ihn zögernd an. »Du hast gerade erzählt, dass du dich mit Leuten aus der damaligen Führungsriege getroffen hast.«

»Ja.« Aráoz blinzelt ein paarmal, als müsste er sich erst wieder mit dem Thema vertraut machen. »Samaritano lebt im Altersheim. Gehen kann er nicht mehr, aber im Kopf ist er noch gut beisammen. Ich glaube, es hat ihm gefallen, dass ich ihn besucht habe.«

»Hast du dich bei ihm auch als Journalist von *El Gráfico* ausgegeben?«

»Was soll das jetzt wieder? Wollen Sie mir das bis in alle Ewigkeit aufs Butterbrot schmieren?«

»Ist ja gut! Ich frag ja nur. Reg dich wieder ab.«

Warum Leticia, wenn es doch drei Milliarden Frauen auf der Welt gibt?

Manchmal quält sich Aráoz mit Statistik. Reibt sich auf mit Wahrscheinlichkeitsrechnung. Wenn man es recht betrachtet – oder auch nicht recht, nämlich mit Wut im Bauch, die einen dazu treibt, allen Eiter herauszuquetschen –, ist alles eine Frage des Zufalls. Von den sechs Milliarden Menschen auf der Erde (Aráoz geht davon aus, dass die Zahl, die er mal irgendwo gelesen hat, stimmt) sind etwa die Hälfte Frauen. Wieso dann Leticia? Wieso nicht eine andere, wenn es doch so unvorstellbar viele Frauen gibt? Aráoz raucht und überlegt. Selbst wenn er von den drei Milliarden ältere Frauen und Kinder abzieht, und auch noch alle, die über fünfhundert Kilometer von Wilde entfernt wohnen, bleibt immer noch eine stattliche Zahl. Wie groß ist mathematisch die Wahrscheinlichkeit, dass man in einer Lotterie mit drei oder vier Millionen Zahlen den Jackpot gewinnt? Aráoz kann es nicht berechnen, aber sein gesunder Menschenverstand sagt ihm, dass die Wahrscheinlichkeit winzig ist. Gut. Wenn sie so winzig ist, wieso dann Leticia? Warum dieses Leid? Warum dieser Verlust? Drei Milliarden Frauen, und dann dieses bittere Ende. Warum?

»Der Heimleitung habe ich gesagt, ich wäre Journalist, sonst hätten sie mich nicht zu ihm gelassen, schließlich bin ich kein Familienangehöriger. Offenbar haben sie ihn vorher gefragt, und er hat meinem Besuch ohne Weiteres zugestimmt. Wann der Artikel erscheinen soll, wollte er gar nicht wissen. Ich hatte den Eindruck, er war einfach froh, dass er mit jemandem plaudern konnte.«

»Und was hat er dir gesagt?«

»An Perlassi hat er kein gutes Haar gelassen. Geflucht hat er auf ihn, er habe sich damals kaufen lassen. ›Dieser Saukerl ist schuld, dass wir abgestiegen sind‹, hat er gesagt, ›das kannst du gern aufschreiben, Junge.‹«

Lépori bleibt stehen und zeigt auf einen umgeknickten Strommast.

»Sieh mal. Die Leitung führt zu Medinas Hütte. Ich werde wohl anrufen müssen, damit sie repariert wird, sonst wartet der Alte bis zum Sankt-Nimmerleins-Tag auf Strom.«

»Stimmt. Dann kann er seine Waschmaschine nicht anwerfen.«

Beide lächeln.

»Das hat Samaritano also gesagt?«

»Ja, mehr oder weniger wörtlich. Perlassi habe gleich danach die Fußballschuhe an den Nagel gehängt, weil er von dem Schmiergeld gemütlich leben konnte.«

»Das hat er gesagt?«

»Ja. Und er hat mir eine Zahl genannt, die ich mir aber nicht gemerkt habe, weil sie in der alten Währung war und er sich außerdem bei den Nullen vertan hat. Seinem Gesicht nach zu urteilen, war es jedenfalls ein Haufen Kohle.«

»Schau mal, bis wohin das Wasser reicht.«

Aráoz sieht in die Richtung, in die Léporis erhobenes Kinn zeigt. Durch die Büsche kann er eine metallfarbene Linie erkennen, die etwas markanter ist als das verschwommene Grau des bedeckten Himmels. Trotzdem sagt es ihm nicht viel, weil er noch nie hier war und die normale Größe der Lagune nicht kennt.

»Samaritana war es auch, der mir Perlassis Adresse in O'Connor gegeben hat.«

»Wieso das?«

»Weil ich Perlassi in Buenos Aires vermutet habe. Ich habe alle Perlassis angerufen, die im Telefonbuch stehen, aber keiner war mit ihm verwandt.«

»Kein Wunder, Perlassi hat keine Familie mehr.«

»Ah, deshalb. Am Ende bin ich noch mal zum Clubhaus gefahren und habe gefragt.«

Lépori runzelt verwundert die Stirn.

»Das Clubhaus steht noch?«

»Nicht das von damals. Aber einige Clubmitglieder haben sich zusammengeschlossen und ein altes Sägewerk gepachtet. Aus dem Lager haben sie eine Fußballhalle gemacht. Und an die Bürotür haben sie das Clubwappen gehängt.«

Wieder gehen sie ein Stück schweigend. Aráoz ist in Gedanken bei den schroffen alten Männern, und Lépori versucht vielleicht, sie sich vorzustellen.

»Unglaublich, oder? Ein Club, der mal in der ersten Liga gespielt hat.«

Léporis Stimme klingt traurig. Aráoz überlegt, ob das die Bresche ist, die einen Angriff auf ihre Erinnerungen erlaubt. Léporis und Perlassis. Aber er fürchtet, der Alte könnte sich wieder verschließen, und erzählt lieber weiter.

»Laut Samaritano hat Perlassi sich mit dem Schmiergeld eine Tankstelle mit allem Drum und Dran gekauft.«

»Ha! Du willst mich wohl auf den Arm nehmen!«

»Nein, im Ernst! Genau das hat er gesagt.«

»Was für ein Arsch ...«

Das ist ein guter Moment, um die Frage zu stellen, denkt Aráoz, oder jedenfalls ein weniger schlechter als vorher.

»Glauben Sie, dass Perlassi mit mir reden wird, wenn Sie ihm die Sache erklären? Wenigstens kurz …«

»Wozu? Reicht dir nicht, was du in Buenos Aires erfahren hast? Was dir Samaritano gesagt hat?«

»Nein. Es kommt mir merkwürdig vor.«

»›Es kommt dir merkwürdig vor.‹ Wieso?«

»Weil Perlassi in größeren Clubs gespielt hat. Sogar im Ausland, in Kolumbien zum Beispiel. Da hat er bestimmt einiges verdient. Ich kann nicht glauben, dass er sich für ein paar Kröten selbst verraten hat.«

»Kannst du es nicht glauben, oder willst du es nicht?«

»Warum sagen Sie mir nicht, wie es war? Sie müssen doch wissen, was passiert ist.«

»Ich?«, fragt der Alte mit geheuchelter Unschuld, ohne es verbergen zu wollen.

»Spielen Sie nicht den Dummen. Perlassi hat Ihnen bestimmt die Wahrheit gesagt.«

»Ach, Junge, du immer mit deiner Wahrheit.«

Es ist sowieso nichts mehr zu machen. Die Frage nach dem Warum – und das weiß Aráoz im Grunde – ist sinnlos. Es ist Leticia. Oder besser: Es war Leticia.

»Und der Schatzmeister?«

»Bei ihm war es anders.«

»Inwiefern anders?«

»Ich weiß nicht. In mancher Hinsicht besser und in mancher Hinsicht schlechter. Ausfindig gemacht habe ich ihn über Samaritano, dem eingefallen ist, dass Migliore mal eine Bäckerei gehabt hat. Eine große, traditionsreiche Bäckerei an der Kreuzung 3 de Febrero und Rivadavia. Egal, jedenfalls bin ich hingegangen. Es gibt sie noch, sie wird nur nicht mehr von Migliore selbst betrieben. Die neuen Pächter hatten aber seine Nummer. Er lebt jetzt in einer alten Villa. Mit seiner Schwester. Diesmal habe ich mich übrigens nicht als Journalist ausgegeben. Das war nicht nötig.«

»Ich hab doch gar nichts gesagt. Du musst dich nicht rechtfertigen.«

»Er hat mich zur Siestazeit empfangen. Offenbar halten er und seine Schwester mittags kein Nickerchen.«

»Alte Leute brauchen nicht viel Schlaf.«

»Wenn's danach geht, bin ich die reinste Mumie.«

»Warum weißt du nicht, ob es besser oder schlechter war? Komm, lass uns hier runtergehen, wir sind gleich da.«

Es war Leticia, unter anderem, weil sie sich so jung kennengelernt haben. Aráoz war sich sicher, dass er irgendwann alles von ihr wissen würde. Wie viele Geheimnisse hat ein fünfzehnjähriges Mädchen? Und wie viele von diesen wenigen Geheimnissen kommen in einer Ehe nicht ans Tageslicht? Außerdem hatte Leticia keine Geheimnisse, jedenfalls keine, die so tief waren, dass sie nicht ans Tageslicht gelangen durften.

Der asphaltierte Weg endet in einem U aus Kies, das einen Hang hinunterführt. Links und rechts verdeckt Schilfgras die Sicht auf die Lagune, nur ein kleines Stück

Himmel ist zu sehen. Aráoz wäre beinahe auf einem losen Stein ausgerutscht, kann sich aber fangen.

»Anfangs hat Migliore nur Gutes von Perlassi erzählt. Und Dinge, die ich nicht wusste: Wie Perlassi nach Buenos Aires kam und Wilde ihn in die C-Jugend aufgenommen hat.«

»B-Jugend.«

»Was?«

»Perlassi war schon sechzehn und hat in der B-Jugend angefangen, nicht in der C-Jugend. Aber egal, das tut jetzt nichts zur Sache. Was noch?«

»Dass es für den Club ein Segen war, als er zu River gegangen ist. Sie waren gerade in die erste Liga aufgestiegen, und mit dem Transfererlös konnten sie die Mannschaft so verstärken, dass sie nicht gleich wieder abgestiegen sind. Sogar für die neue Tribüne hat das Geld noch gereicht, die aus Beton, meine ich. Mein Vater und ich standen ja immer auf der aus Holz.«

»Bist du immer mit deinem Vater ins Stadion gegangen?«

»Migliore hat mir gesagt, dass der Verein Perlassi zu großem Dank verpflichtet ist. Vor allem – und das wusste ich nicht – weil er sich nach seiner Zeit in Kolumbien bei ihm zurückgemeldet hat. ›Zurückgemeldet‹ fand ich komisch, als wäre Perlassi ein Soldat, der sich bei seinem Hauptmann zurückmeldet, aber so hat sich Migliore ausgedrückt. Jedenfalls wollte er sich mit ihm treffen, weil er der Schatzmeister war. Migliore war ganz erstaunt und hatte schon Angst, er hätte noch Geldforderungen, irgendeine Prämie von früher.«

»Und?«

»Im Gegenteil. Perlassi hat ihm gesagt, sein Körper mache noch ein, zwei Jahre mit und die würde er gern bei dem Club spielen, der ihn groß gemacht hat.«

Aráoz versinkt für einen Moment in Erinnerungen. Dann fährt er fort: »Migliore ist Perlassi sofort ins Wort gefallen und hat ihn darauf hingewiesen, dass sie wahrscheinlich nicht bezahlen könnten, was er gewohnt sei. Und wissen Sie, was Perlassi da gesagt hat?«

»Ja.«

Überrascht sieht Aráoz den Alten an.

»Perlassi hat's mir erzählt.«

»Da haben Sie's!« Aráoz' Stimme klingt jetzt energisch. »Jemand, der gratis für einen Club spielt, verkauft sich nicht für ein Scheißspiel.«

Er hält inne, sieht wieder Lépori an, um seinen Gesichtsausdruck zu studieren. Der Alte blickt fragend zurück.

»Und?«, sagt Aráoz ungeduldig.

»Was und?«

»Was sagen Sie dazu?«

»Wozu?«

»Zu den Marienkäfern. Zu was denn sonst? Oder wollen Sie behaupten, Sie wissen davon nichts?«

»Ich hab nie gesagt, dass ich nichts davon weiß, ich hab nur gesagt, dass ... Ach du Scheiße!«

Sie haben den Schilfkorridor verlassen. Bis zum Rand der Lagune sind es noch zwanzig Meter. Das Gras und die Äste, die im Wasser schwimmen, machen deutlich, dass das Wasser weit über die Ufer getreten ist. Weiter draußen ist die Lagune glatt wie ein grauer Spiegel oder ein Silbertablett. Vereinzelt ragen Baumwipfel aus dem Wasser. Dahinter, rund hundertfünfzig Meter entfernt, ist offenbar der natürliche Rand der Lagune, denn ab dort unterbricht nichts mehr die blanke Oberfläche. Gut zwei Minuten steht Aráoz da und betrachtet das Desaster. Plötzlich bemerkt er weit draußen eine rötliche Linie, die aussieht, als würde etwas Großes im Wasser schwimmen. Er deutet auf die Stelle und fragt Lépori, was das sein könnte.

»Das ist das Dach von Medinas Hütte.«

Verdattert versucht Aráoz, sich das unter Wasser liegende Haus vorzustellen, aber es fällt ihm schwer.

»Was für ein Spinner, der alte Medina. Und ich soll nach seinen Fensterläden sehen ...«, sagt Lépori mit verhaltenem, aber ehrlich empfundenem Schmerz. »Was für ein Spinner, verdammt noch mal.«

Aráoz spürt, dass jedes Wort überflüssig ist, und schweigt.

Es war Leticia, unter anderem, weil sie sich so jung kennengelernt haben, dass Aráoz sich eine Vergangenheit erfinden konnte, ohne dass sie es merkte. Eine Vergangenheit zu erfinden, die er ihr erzählen konnte, war auch seine Art, sie für ihn selbst erträglicher zu machen, denn in dieser neuen Vergangenheit gab es keine schlaflosen Nächte mehr.

Lange stehen sie da und betrachten dieses graue ruhige Meer, bis große dicke Tropfen vom Himmel fallen.

»Hoffen wir, dass das Wasser schnell abfließt«, sagt Lépori. »Gehen wir?«

»Ja.«

Schweigend gehen sie den Schilfpfad in umgekehrter Richtung zurück. Aráoz keucht, als er oben ankommt, während der Alte keine Ermüdung zu erkennen gibt. Nur sein Gesicht wirkt müde.

Es war Leticia, unter anderem, weil sie sich so jung kennengelernt haben, dass er sie nach seinen Wünschen formen konnte. Sie war fünfzehn und verfügte nur über eine dürftige, vorhersagbare Vergangenheit, er war sechzehn und fühlte sich durch den Schmerz nicht ein Jahr, sondern ein Jahrhundert älter. Sagte seine Mutter nicht immer, er sei sehr reif für sein Alter?

»Lass uns weiterplaudern«, sagt Lépori.

Aráoz hat den Eindruck, dass der Alte vor allem das Bild der überspülten Hütte aus dem Kopf kriegen will. Oder das Gesicht, das Medina machen wird, wenn er ihm sagen muss, was passiert ist. Trotzdem freut es ihn, dass seine Geschichte und auch er selbst den Alten interessieren.

»Wie gesagt, Migliore fand es lächerlich, dass Perlassi sich verkauft haben soll, wo er doch zum Club zurückgekehrt war, ohne Geld zu fordern. Zu einem Club außerdem, der kurz vor dem Bankrott stand und Gefahr lief, in die zweite Liga abzusteigen.«

»In Kolumbien hat er tatsächlich eine Stange Geld verdient. Damals waren Argentinier dort sehr gefragt.«

»Als Migliore es bei der Vorstandssitzung verkündet hat, sind alle jubelnd von den Stühlen aufgesprungen, und der Trainer hat vor Rührung fast geweint.«

»Tatsächlich?«

»Ja! Wie hieß er noch mal? Den wollte ich auch ausfindig machen ... Armas?«

»Arce. El Gordo Arce.«

Es war Leticia, unter anderem, weil sie schön und gut war. Drei Monate liegt er schon auf dem Bett und findet keine besseren Adjektive als »gut« und »schön«, um die Frau zu beschreiben, die acht Jahre seine Freundin und sechzehn Jahre seine Frau gewesen ist. Señorita Bachineli, seine Spanischlehrerin, wäre bestimmt entäuscht über seinen kargen Wortschatz.

»Genau, Arce. Er war vor Begeisterung ganz aus dem Häuschen. Schon deshalb, weil die Mannschaft in dem Jahr eher mittelmäßig bis schlecht besetzt war. Schade, dass ich ihn nicht mehr sprechen konnte, er ist gestorben, hat man mir gesagt.«

»Oh ja, schon vor Ewigkeiten. Neunzehnhundertvierundsiebzig oder -fünfundsiebzig. Sein Herz hatte ihm schon immer zu schaffen gemacht, und außerdem war er viel zu dick, hat nicht auf sich aufgepasst.«

»Warten Sie. War Arce dieser riesige Kerl mit Übergewicht, der immer einen grünen Sakko trug?«

»Ja. Der Sakko der Kabbala.«

Aráoz schlägt sich auf die Stirn.

»Na klar, ich hab ihn ja noch selbst erlebt! Das hatte ich total vergessen! Ein Schrank von Mann und so dick, dass ihm die Anzugärmel gerade mal bis zu den Ellbogen reichten. Und geschrien hat er immer wie ein Bekloppter.«

»Genau der.«

»Natürlich … Den hab ich gesehen, von der Tribüne aus!«

Aráoz verströmt die unschuldige Freude von jemandem, der einen angenehmen Teil seiner Vergangenheit wiederentdeckt.

»Migliore hat mir noch mehr erzählt. Als Wilde in die erste Liga aufgestiegen ist, wurde der Trainer als Held gefeiert. Und als er sie im ersten Jahr vor dem Abstieg bewahrt hat, war er so etwas wie der wiederauferstandene Messias. Dann ist passiert, was immer passiert. Die Leute gewöhnen sich an den Erfolg. Als sich einundsiebzig abzeichnete, dass Wilde auf dem Weg zurück in die zweite Liga war, fingen die Leute an, ihn zu beschimpfen, sogar die Hotdogverkäufer. Kein Wunder, dass er von Perlassis Rückkehr so begeistert war.«

Lépori wischt sich den Regen aus dem Gesicht, der inzwischen zu einem dichten Nieseln geworden ist.

»Mit Perlassi hat Wilde gleich auf Anhieb zwei Spiele gewonnen, und es sah schon so aus, als würden sie es packen«, bestätigt der Alte. »Am letzten Spieltag lagen sie einen Punkt vor Lanús. Stimmt's?«

»Waren Sie damals im Stadion?«

Lépori sieht ihn befremdet an.

»Ich meine ja nur, weil Sie doch ein Freund von Perlassi waren und manchmal eingeladen wurden …«

»Vorsicht, da ist es morastig. Wenn du nicht aufpasst, versinkst du bis zum Hals im Schlamm. Komm lieber auf die andere Seite. Nein, ich war nicht im Stadion. Das hat mir Perlassi später erzählt.«

»Was hat er erzählt?«

Der Alte verzieht den Mund zu einem Lächeln.

»Nein, Junge. Ich merke, was du vorhast. Glaub bloß nicht, dass ich darauf reinfalle und dir sage, was Perlassi lieber für sich behält.«

Aráoz sackt innerlich zusammen. Gerade eben hat er noch geglaubt, dass Lépori nachgiebiger ist als sonst, offener. Da hat er sich geirrt. Schweigend geht er weiter, bis sie wieder an dem umgeknickten Strommast vorbeikommen.

»Jetzt sei nicht gleich beleidigt.«

»Bin ich nicht«, antwortet Aráoz schnell, weil er nicht will, dass Lépori bemerkt, was in ihm vorgeht. Er hat nämlich eine solche Wut im Bauch, dass er Angst hat, es sich für immer und ewig mit dem Alten zu verderben, wenn er sie rauslässt. Wieder mal, denkt er. Wieder mal schlucke ich die Wut lieber runter, aus Angst, sie könnte aus mir rausplatzen. Wo ist der neue Mensch, der auf alles und jeden pfeift?

»Du hattest mir vom Gordo Arce erzählt.«

»Nein. Sie haben mir von ihm erzählt.«

»Und wie sind wir auf den Gordo gekommen?«

»Ich habe Ihnen berichtet, was Migliore mir über Perlassi gesagt hat: dass er angeboten hat, gratis für den Verein zu spielen.«

»Ah ja.«

»Migliore wohnt mit seiner Schwester zusammen. Es war merkwürdig, die beiden zu sehen. Der gleiche Mensch in anderer Ausführung: einer mit grauer Perücke und einer mit Glatze. Sie haben mir einen Tee angeboten. Auch die Schwester hat sich an Perlassi erinnert. Ein stattlicher Mann, hat sie gesagt, und immer höflich …«

»Er wird sich freuen, wenn ich ihm das erzähle«, unterbricht Lépori ihn lächelnd. »Wo er doch heute mehr einem Wrack ähnelt. Erzähl weiter.«

Aráoz folgt seiner Aufforderung nicht gleich, weil ihn der Anblick der Silos wieder in den Bann gezogen hat. Dieses verrostete Blechschild, die bröckelnden Wände, das schmutzige Grau, die Stille: eine ausgestorbene Welt. Wie um ihm zu widersprechen, kommen plötzlich zwei große wütend bellende Hunde angerannt und drängen an den Zaun. Ohne die Miene zu verziehen, bückt sich Lépori und hebt ein loses Stück Asphalt auf. Er zielt so genau, dass der Brocken durch die Masche fliegt und den dunkleren der beiden Hunde am Rücken trifft, der heulend zurückweicht. Der zweite Hund verstummt und trottet dem anderen hinterher.

»Diese Scheißköter gehen mir auf den Geist.«

»Man muss ganz schön Glück haben, dass der Brocken sauber durch die Maschen fliegt«, sagt Aráoz.

Lépori zischt. »Stimmt. Wie blöd, sein Glück mit so einem Quatsch zu verschwenden, oder?«

Was hat ihn an Leticia so gefesselt? Denn so hat er sich gefühlt. Gefesselt. Kein schönes Wort. Gebunden? Für immer an sie gebunden. Gebunden? Für immer? Idiot.

Erst gegen zwei Uhr morgens hat der letzte Lkw getankt und fährt in Richtung Landstraße davon. Lépori macht am Hauptschalter das Licht aus, so dass alles dunkel ist wie an dem Tag, an dem Aráoz angekommen ist. Er nimmt einen Besen und sieht sich um. Dann stellt er ihn wieder zurück. Offenbar ist er zu müde.

Fehlt nur noch, dass er den Müll rausbringt und dem

Hund zu fressen gibt, denkt Aráoz, der am Fenster des Restaurants steht und ihn beobachtet. Der Alte führt das Geschäft, als würde es ihm gehören. Ob Perlassi so ist wie er? Wahrscheinlich nicht. Wenn er durch die Gegend reist, um Aufträge an Land zu ziehen, muss er ein gewiefterer Geschäftsmann sein als sein Teilhaber. Teilhaber? Sind sie Teilhaber, oder ist Lépori Perlassis Angestellter? Er ist gerissen, der Alte. Redet, wann er will, sagt, was ihm passt, verschweigt, was ihm nicht behagt. Und dann bringt er auch noch Aráoz zum Reden, als wäre er ein Mehrbandradio. Manchmal vergisst Aráoz sogar, dass er sich in einen harten, boshaften Menschen mit Gefühlspanzer verwandeln will. Diese Ironie. Alter Fuchs, denkt er just in dem Moment, als Lépori zur Tür hereinkommt, ihn grüßt und direkt zur Sitzecke geht, wo er sich in einen Sessel fallen lässt.

»Ich habe Matetee gemacht. Möchten Sie?«

»Ah, das nenne ich ein gutes Leben. Wenn man so empfangen wird. Hab ich's dir nicht gesagt? Kaum ist der Strom wieder da, bricht das Chaos aus. Das hat vielleicht geschlaucht. Eigentlich müsste ich die Quittungen noch eintragen, aber ich hab keine Lust mehr. Das muss bis morgen warten.«

»Wenn Sie wollen, helfe ich Ihnen. In Buchhaltung kenne ich mich aus.«

Der Alte sieht ihn an. Hinter seinem müden Blick hockt der Schalk.

»Ich weiß nicht, ob ich dir das zumuten kann, mein Junge. Vom Journalisten von *El Gráfico* zu einem simplen Büroangestellten, das ist doch ein ziemlicher Abstieg. Das bringe ich nicht übers Herz.«

Aráoz verzieht das Gesicht zu einem müden Lächeln und geht in die Küche.

»Sag mal, Junge … Wie lange gedenkst du zu bleiben?«

»Bis Perlassi zurückkommt. Warum?«

Aráoz hat prompt geantwortet, ohne lange nachzudenken. Er hat jetzt so lange auf Perlassi gewartet, da kommt es auf ein paar Tage mehr nicht an. Das Tablett stellt er auf den niedrigen Tisch, der zwischen den Sesseln steht. Dann setzt er sich Lépori gegenüber und wartet ab.

»Gibst du dich nie geschlagen?«

Wie so oft überlegt Aráoz sich seine Antwort gut.

»Im Gegenteil. Ich gebe mich immer zu früh geschlagen.«

Eine peinliche Stille tritt ein, denn Aráoz' ehrliche Antwort hat der fröhlichen Stimmung schlagartig ein Ende bereitet.

»Erzähl die Geschichte des Schatzmeisters zu Ende«, bricht Lépori schließlich das Schweigen. »Du schuldest mir noch den unangenehmen Teil.«

»Ah …« Aráoz stockt, kneift die Augen zusammen, hebt leicht den Kopf und niest.

»Hast du dich erkältet?«

»Kann schon sein, so pitschnass, wie ich heute Morgen war.«

»Du hältst ja gar nichts aus … Erzähl weiter, dann merk ich nicht so sehr, wie schlecht dein Mate schmeckt.«

»Es ist merkwürdig«, sagt Aráoz, ohne auf die sarkastische Bemerkung Léporis einzugehen. »Ich habe Ihnen ja erzählt, wie das mit Perlassis Rückkehr aus Kolumbien war. Und dass Migliore die Geschichte mit der Bestechung lächerlich fand. Seine Schwester hat ins gleiche Horn gestoßen: Was für ein Gentleman Perlassi war, was für ein feiner Mensch.«

»Und?«

»Na ja, plötzlich klingelt das Telefon, und die Schwester steht auf, um ranzugehen. Da beugt sich Migliore vor und flüstert mir ins Ohr: ›Da ist was, das ich Ihnen nicht erzählt habe. Etwas, das ich bis heute nicht verstehe.‹«

»Aha. Und was war das?«

Aráoz nimmt die leere Calabaza entgegen, die ihm Lépori hinhält. Er rückt den Trinkhalm zurecht und gießt heißes Wasser nach, bevor er fortfährt.

»Nach dem Spiel war Migliore einer der Letzten, die das Stadion verlassen haben. Seine Aufgabe war es nämlich, alle Zugänge zu kontrollieren, die Polizisten zu bezahlen und alles abzuschließen. Zum Glück hatten sich die Leute beruhigt. Nach dem Abpfiff haben sie geflucht, aber die Sache ist nicht eskaliert. Nicht so wie heute, wo sie alles kurz und klein schlagen oder sogar die Umkleidekabinen anzünden. Nein, die Leute sind friedlich nach Hause gegangen. Traurig. Wütend. Aber ruhig. Das hat er gesagt und dann gelacht, lustlos. Als ich ihn danach fragte, hat er etwas gesagt, das mir noch nie in den Sinn gekommen ist. Aber ich glaube, er hatte recht.«

»Was hat er gesagt?«

»Dass er sich fragt, was ihm lieber ist: der Wahnsinn heute oder die unterdrückte Wut damals, die ewig an den Leuten genagt hat.«

»So schlimm war es für sie?«

»Laut Migliore schon. Zumindest für die Leute vom

Verein. Die Mitglieder, meine ich. Natürlich waren damals alle im Verein. Jedenfalls ging ab da alles den Bach runter. Der Club hat nie wieder die Kurve gekriegt, ein Abstieg folgte auf den anderen. Die letzten Jahre waren, als hätten sie sich ins Grab gelegt und auf den Tod gewartet.«

»Du meine Güte! Das mit dem Grab, hat das der Schatzmeister gesagt, oder ist das auf deinem Mist gewachsen?«

Bildet er sich das nur ein, oder schwingt in Léporis ironischem Ton Ärger mit?

»Das hat Migliore gesagt. Aber es ist mir auch deshalb in Erinnerung geblieben, weil ich finde, dass er recht hat.«

Außerdem habe ich in dem Moment an mich gedacht, an die sechs Monate, die ich im Bett gelegen habe, denkt Aráoz, hütet sich aber davor, es auszusprechen.

»Wissen Sie, welchen Eindruck ich hatte? Dass Migliore innerlich noch einmal alles Revue passieren ließ, was er mit dem Club erlebt hat, alle Verluste, alle Niederlagen; und dass er Parallelen zu seiner eigenen Geschichte sah und deshalb traurig wurde.«

»Ging das Migliore so, während er mit dir sprach, oder eher dir?«

»Hoppla, da hat wohl jemand im Fernstudium sein Psychologiediplom gemacht und betreut jetzt seinen ersten Patienten.«

Aráoz hat einen Weg gefunden, es Lépori mit gleicher Münze heimzuzahlen. Der Alte lacht.

»Und dann?«

»Migliore hat die Übertragungskabinen überprüft, die

Umkleideräume, die Eingänge. Auf dem Privatparkplatz des Clubs hat er plötzlich Stimmen gehört, was ihn überraschte, weil längst alle ausgeflogen waren.«

»Und?«

»Perlassis Auto stand noch da, ein Torino.«

»Und es war eindeutig Perlassi, der gesprochen hat?«

Aráoz nickt.

»Migliore hat durch ein Fensterchen gesehen, weil die Tür zum Parkplatz schon verschlossen war. Der Parkplatz selbst blieb nachts offen. Perlassi stand im Dunkeln neben seinem Auto.« Aráoz hält inne. Seine Stimme und sein Gesicht haben sich verhärtet. »Der andere, mit dem Perlassi da so spät getuschelt hat, war der Tanque Villar.«

Mit einem Klick geht die Gefriertruhe aus, und eine absolute Stille breitet sich bis in jeden Winkel aus.

»Mehr hat er nicht gesagt?«

»Nein.«

»Aha. Und?«

»Und was?«

Lépori setzt sich im Sessel zurecht.

»Was denkst du?«

»Ich weiß nicht, was ich denken soll.«

»Weißt du nicht, was du denken sollst, oder behagt dir nicht, was du denkst?«

»Sagen Sie mal, das mit dem Psychologiestudium scheint ja tatsächlich zu stimmen.«

Der Alte antwortet nicht, sieht ihn nur an. So gelassen sieht er ihn an, dass es Aráoz wie eine Warnung vorkommt: Spiel ruhig den Bösewicht, scheint der Alte zu sagen, aber früher oder später wirst du mir antworten müssen, denn schließlich bist du derjenige, der darüber reden will.

»Also gut. Anfangs habe ich mich gefreut, weil Migliore Samaritano widersprochen hat. Ihm und allen anderen. Deswegen war es umso schlimmer, als er von dem Vorfall auf dem Parkplatz erzählt hat, als hätte es doch eine Absprache zwischen Perlassi und dem Tanque Villar gegeben ... Ich will es einfach wissen. Deshalb bin ich hier. Weil mir nichts anderes übrig bleibt, als Perlassi selbst zu fragen. Ich habe versucht, den Tanque Villar ausfindig zu machen, aber vergeblich. Überall habe ich gefragt, aber es war nichts zu machen. Als hätte ihn der Erdboden verschluckt.«

»Tja, sieht ganz so aus.«

Lépori zeigt den Anflug eines Lächelns, das aber eher traurig wirkt, resigniert. Er reibt sich die Augen, als hätte ihn mit einem Schlag die Müdigkeit erfasst.

»Warum sagen Sie das?«

»Weil den Tanque tatsächlich der Erdboden verschluckt hat. Er liegt nämlich hier in O'Connor begraben.«

Aráoz sieht ihn verblüfft an. Lépori steht auf, geht zur Tür und sagt, ohne sich umzudrehen: »Bis morgen, mein Junge, ich bin fix und fertig. Wenn du Lust hast, sieh doch mal auf dem Friedhof vorbei. Villars Grab ist gleich am Eingang links. Und mach bitte das Licht aus, wenn du schlafen gehst. Hier ist die Fernbedienung, falls du noch was gucken willst.«

Nur ein Mal, ein einziges Mal, hat sein Vater gesagt: »Komm, wir gehen zur Plaza.« Dort kauft er ihm Pop-

corn und lässt ihn fünf Runden Karussell fahren, zu der noch eine sechste Runde kommt, weil er den Ring erwischt hat. Bevor sie wieder nach Hause gehen, fragt er, ob er gern einen Karamellapfel hätte, und Aráoz sagt Ja, obwohl er Karamelläpfel gar nicht so gern mag. Diesmal aber schmeckt ihm der Karamellapfel, weil er mit seinem Vater die Belgrano entlanggeht und sein Vater sich auch einen Karamellapfel gekauft hat und sie gemeinsam die Avenida entlanggehen und dabei Karamelläpfel essen.

»Arschlöcher. Verdammte Arschlöcher. Verdammte Scheißarschlöcher. Alle drei. Arschlöcher.«

Aráoz' Litanei steigt im dunklen Zimmer zur Decke auf. Es muss gegen halb sechs, sechs sein, schätzt er. Seit er gegen drei aus dem Restaurant gekommen ist, hat er sich schlaflos im Bett hin und her gewälzt.

Lépori. Dieser hinterhältige Alte hat ihn verarscht. Die ganze Woche über. Er weiß alles. Alles weiß er. Das liegt auf der Hand. Die Abmachung zwischen Perlassi und dem Tanque Villar hat es gegeben. Womöglich sind sie Cousins, Freunde aus der Kindheit oder irgend so was. Gemeinsam ausgeheckt haben sie es. Ganz offensichtlich. Vor zwanzigtausend Idioten haben sie ihre Schmierenkomödie aufgeführt und sich dabei ins Fäustchen gelacht. Fragt sich nur noch, warum. Aber … was würde das ändern?

Im Grunde nichts. Sie haben das Geld unter sich aufgeteilt; Perlassis Mitspieler sind leer ausgegangen. Genau, so muss es gewesen sein. Niemand, mit dem Aráoz gesprochen hat, wusste etwas von der persönlichen Beziehung zwischen dem Tanque und Perlassi. Niemand.

Seine Sicht auf die Dinge hat sich vollkommen verändert. Niemals hätte er gedacht, dass Perlassi den Mann gekannt hat, dessen verhängnisvollen Lauf über den halben Platz er hätte stoppen müssen und nicht gestoppt hat. »Verhängnisvoll.« Von wegen. Von Verhängnis konnte keine Rede sein. Alles ausgekungelt, alles Betrug. Eine verdammte Scheiße.

Als Migliore ihm von dem Gespräch auf dem Parkplatz erzählt hat, war Aráoz erst einmal verwirrt. Er dachte – wollte denken –, dass sich der Tanque vielleicht nach den Spielern von Wilde erkundigt hat, ob sie alle heil aus dem Tumult nach dem Schlusspfiff rausgekommen sind. In dem Fall war es nur logisch, dass er mit dem Mannschaftskapitän ein paar Worte wechselte.

Es war nicht die einzig mögliche Interpretation. Aber die schlüssigste. Schlüssig für wen, hat sich Aráoz wieder und wieder gefragt, während er auf dem Doppelbett lag, dessen eine Hälfte, die zum Fenster hin, leer war.

Aráoz wollte nicht, dass der beste Teil seiner Geschichte ein Betrug war. Aber er konnte auch nicht nur aus Angst einfach wegsehen. Wieder sah er zu, wie die Sonne vom Fensterbrett bis zum Schrank wanderte. Wieder lag er nur da, nachdem er in den letzten Tagen auf den Beinen gewesen war und die Vergangenheit erforscht hatte.

Warum war er nicht zehn Minuten früher aufgebrochen? Es wäre so einfach gewesen. So klar. So gut. »Nein, mein Junge, du kannst ganz beruhigt sein. Perlassi war ein Gentleman. Perlassi war ein Großer. Perlassi war der feine Mensch, den du dir immer vorgestellt hast, den du dir gewünscht hast.« Warum zum Teufel musste das

Telefon klingeln und die Schwester rangehen? Warum, verflucht, hatte Migliore sich vertraulich vorgebeugt und ihm von dem Vorfall auf dem Parkplatz erzählt? Aráoz hat das Gefühl, auf der obersten Sprosse einer Leiter angekommen zu sein, die im Nirgendwo lehnt.

Er hat sich lächerlich gemacht. Indem er den alten Lépori für sich gewonnen hat, indem er gehofft hat, er könne über ihn an Perlassi herankommen. Dabei ist klar, klar wie nur irgendwas, dass der Alte ihn die ganze Zeit an der Nase herumgeführt und sich dabei ins Fäustchen gelacht hat. Bestimmt reden er und Perlassi jeden Tag über diesen Schwachkopf, der da im Pensionszimmer der Tankstelle wohnt, und schließen Wetten darauf ab, wann er aufgibt und dahin zurückkehrt, woher er gekommen ist.

Der Tanque ist also hier gestorben und begraben. Waren die drei Arschlöcher etwa Drillingsbrüder? Nein, Freunde aus der Kindheit. Garantiert. Und er, er ist ein Vollidiot. Genau wie alle anderen von damals. Das Präsidium: alles Vollidioten. Die zwanzigtausend Fans im Stadion: alles Vollidioten, die gedacht haben, er rennt ihm tatsächlich hinterher, er will ihn tatsächlich stoppen und den Abstieg verhindern.

Sie gehen die Belgrano entlang, beide mit ihrem Karamellapfel in der Hand. Da kommt ihnen der kleine Díaz entgegen. Aráoz grüßt ihn und freut sich wie ein Schneekönig, dass sein Klassenkamerad ihn zusammen mit seinem Papa sieht, wie sie von der Plaza zurückkommen, jeder mit einem Karamellapfel in der Hand.

Ob sie wohl miteinander gesprochen haben, während sie auf den Strafraum zugelaufen sind?, fragt sich Aráoz, wie um sich noch mehr zu quälen. Bestimmt, sagt er sich. »Los, Tanque, renn ein bisschen schneller, sonst hol ich dich noch ein.« Hat Perlassi es so gesagt? Oder eher: »Schieß ihn links, flach auf den langen Pfosten. Gut so, genau so.« Und auf der Tribüne haben sich alle an den Kopf gefasst, haben mitgebibbert. Vor allem wegen Onkel Quique tut es ihm leid. Er hat zu Recht »Arschlöcher« gebrüllt. Nicht ganz zu Recht, weil er die ganze Mannschaft beschimpft hat. Dabei war Perlassi der Schuldige. Perlassi und sein Freund, der Tanque.

Er dreht sich zum hundertsten Mal auf die andere Seite. Im Grunde ist er selber schuld. Was macht er überhaupt hier? Das ist die einzig sinnvolle Frage. Er kann sie nicht beantworten.

Oder doch. Er hat in O'Connor nichts gefunden, weil es nichts zu finden gibt. Punkt. In O'Connor gibt es genauso wenig etwas zu finden wie in Buenos Aires, aus dem einfachen Grund, dass es nirgends etwas zu finden gibt. Und wäre er nicht so blöd, hätte er es gewusst. Oder schlimmer noch: Er ist so blöd, dass er es gewusst und den Dummen gespielt hat.

Es ist lange her, das mit der Plaza, und es ist auch nur ein Mal passiert. Aber Aráoz erinnert sich noch gut daran.

Freitag, 9. Oktober

»Was bin ich Ihnen schuldig?«

»Hm. Lass mich rechnen. Vier Übernachtungen à fünfundzwanzig Pesos sind hundert Pesos. Mit den Mahlzeiten hundertsechzig … In Ordnung?«

Aráoz stellt die Taschen ab, nimmt den genauen Betrag aus dem Portemonnaie und sagt kurz angebunden: »Hier.«

»Danke. Brauchst du eine Rechnung?«

»Nein, nicht nötig. Machen Sie's gut.«

Aráoz dreht sich um und geht quer über den Rasen in Richtung Landstraße. Lépori lehnt an der Zapfsäule und sieht ihm nach. Als Aráoz die halbe Strecke zwischen Tankstelle und Asphalt zurückgelegt hat, bleibt er stehen und dreht sich um.

»Darf man fragen, wie ich aus diesem Scheißkaff wieder wegkommen soll?«

Seine Stimme klingt, als würde ihn jemand erwürgen, denn die Empörung und Scham, diese Frage stellen zu müssen, schnüren ihm die Kehle zu.

»Wenn du dich da drüben hinstellst und den Daumen rausstreckst«, sagt Lépori und zeigt nach Nordosten, »nimmt dich bestimmt jemand zum Bahnhof mit. Der Zug nach Buenos Aires fährt um zwei Uhr morgens. Aber die Fahrkarte müsstest du jetzt kaufen, damit Belaúnde Bescheid sagen kann. Sonst lassen sie dich auf dem Bahnsteig stehen.«

Aráoz fragt sich, ob der Alte es ironisch meint oder ob er tatsächlich den ganzen Tag auf dem Bahnhof rumsitzen muss. Er kommt sich wieder – oder immer noch – wie ein Vollidiot vor. Deshalb platzt er mit dem Erstbesten heraus, was ihm einfällt: »Sagen Sie Perlassi, dass er ein Feigling ist! Dass er mir ausgewichen ist, weil er Schiss hat! Sagen Sie ihm das!«

Lépori nickt. Seine Ruhe ist an sich schon eine Provokation. Aráoz geht ein Stück auf ihn zu. Bleibt stehen. Wird sich bewusst, dass sein Wutanfall etwas Lächerliches hat, aber das macht ihn nur noch wütender.

»Und ich weiß jetzt, dass er ein korrupter Kerl ist! Ein Dieb! Sagen Sie ihm das!«

»Einverstanden, mein Junge. Wie du meinst …«

»Das hat verdammt noch mal nichts mit meiner Meinung zu tun! Sagen Sie ihm, dass es so ist!«

Lépori nickt wieder, aber wie jemand, der einem Psychopathen mit einer Bazooka in der Hand recht gibt in der Hoffnung, dass er nicht abdrückt. Aráoz ist außer sich und rennt ein paar Schritte auf den Alten zu, bis er wieder fast an der Stelle steht, von der er gerade erst aufgebrochen ist.

»Haben Sie mir nichts zu sagen?«

Lépori richtet sich etwas auf, weil ihm die Pistole des Benzinschlauchs in die Schulter drückt. Er hängt ihn richtig ein und lehnt sich wieder an die Zapfsäule.

»Was soll ich dir denn sagen?«

»Was Sie mir sagen sollen? Die Wahrheit! Die Wahrheit sollen Sie mir sagen!«

Ein Lkw fährt an der Tankstelle vorbei und hupt lang. Lépori hebt die Hand zum Gruß.

»Meinst du, mit deinem Geschrei kommst du der Wahrheit auch nur einen Zentimeter näher?«

Aráoz stellt seine Taschen ab und kratzt sich am Kopf. Dem Alten ist nicht beizukommen.

»Nein. Vermutlich nicht. Aber ich habe es mein Leben lang auf die nette Art versucht und bin damit immer gegen die Wand gelaufen.«

Wie schon zuvor bereut er, mehr gesagt zu haben, als er wollte. Aber gesagt ist gesagt. Müde oder vielmehr resigniert setzt er sich auf den Randstein hinter der Zapfsäule.

»Ich kann dir einiges erzählen. Aber manche Sachen sind so privat, da musst du schon mit Perlassi selber sprechen. Und wenn der nicht will ...«

»Er kommt garantiert nicht zurück, stimmt's? Zumindest nicht, solange ich hier bin.«

Lépori setzt sich. Beide lehnen jetzt an der Zapfsäule, der eine vorn, der andere hinten.

»Ich hab dir gleich gesagt, dass Perlassi nicht will.«

Aráoz seufzt, beißt sich auf die Unterlippe.

»Sie haben ja recht.« Er starrt auf seine Schuhe, die nach einer Woche auf dem Land in einem erbärmlichen Zustand sind. »Aber wissen Sie, Sie zu ertragen ist auch nicht gerade leicht. Sie wissen viel. Das steht mal fest. Und wenn Sie mir sagen, was Sie wissen, braucht es Perlassi ja nicht gleich zu erfahren. Oder glauben Sie, dass ich es in ganz Buenos Aires herumposaunen werde?« Und als würde er sich dessen jetzt erst bewusst, fügt er hinzu: »Wem auch? Wem zum Teufel soll ich es erzählen?«

Lépori scheint antworten zu wollen, überlegt es sich aber anders.

»Sie wussten von dem Gespräch zwischen Perlassi und dem Tanque, oder?«

»Ja. Dass jemand es gehört hat, wusste ich allerdings nicht. Hör mal, vielleicht muss es so sein, vielleicht ist es besser, wenn die beiden es mit ins Grab nehmen. Verstehst du?«

Aráoz bindet sich die Schnürsenkel seines rechten Schuhs.

»Erzählen Sie mir wenigstens, wieso der Tanque hier in O'Connor gestorben ist. Kam er von hier?«

»Der Tanque? Nein. Villar war aus dem Großraum von Buenos Aires, aus dem Süden, Sarandí, glaube ich ... Perlassi und er haben sich sechsundsechzig angefreundet, als sie zusammen bei Social Esgrima gespielt haben.«

»Dann stimmt es also, dass sie sich gekannt haben.«

Lépori sieht ihn irritiert an.

»Ist ja gut!«, sagt Aráoz schnell. »Ich halte schon den Mund. Erzählen Sie weiter.«

»Der Tanque war ein ... Pfundskerl. Anders kann ich ihn nicht beschreiben. Hier aufgetaucht ist er ... neunzehnhundertachtzig, -einundachtzig.«

»Und wieso?«

»Wie du weißt, hat der Tanque einige Jahre in Spanien gespielt. Mitte neunundsiebzig kam er nach Argentinien zurück, glaube ich.« Lépori stockt, als wüsste er nicht recht, ob er fortfahren soll. »Hör mal, was ich dir jetzt sage, bleibt unter uns. Ist das klar?«

»Ja.«

»Du wirst es niemandem erzählen?«

»Nein, niemandem«, sagt Aráoz etwas verdutzt. Wieso auf einmal so feierlich?

»Der Tanque war ein Zocker.« Dem Alten fällt es sichtlich schwer, davon zu erzählen. »Spielsüchtig, verstehst du? Ich weiß nicht, ob du jemanden mit diesem Laster kennst.«

»Nein.« Nicht mit diesem Laster, denkt Aráoz.

»Es ist schlimm. Wirklich schlimm. Liegt in der Familie. Sein Vater war genauso wie er. Du kannst dir nicht vorstellen, wie der Tanque aufgewachsen ist. Er hat es mir mal erzählt. Ich hab Gänsehaut bekommen. Beschissen. Deshalb ist er geworden wie sein Vater. Dabei war ihm völlig klar, was mit ihm los war. Aber er konnte es nicht lassen. Neulich hast du gesagt, Perlassi hätte mit dem Fußball viel Geld verdient. Stimmt, aber das war nichts im Vergleich zum Tanque. Erst in Argentinien, dann in Spanien ...« Lépori schüttelt den Kopf, als könnte er immer noch nicht glauben, dass Villar sein ganzes Geld verzockt hat. »Es ist ein verfluchtes Laster, mein Junge. Wer ihm verfallen ist, reißt alles, was ihm lieb ist, mit in den Abgrund. Die Familie, die Freunde. Als Villar nach Spanien ging, ist der Kontakt zwischen ihm und Perlassi abgerissen. Na ja, davor waren sie auch nicht die engsten Freunde. Jedenfalls hatte er ausgesorgt, als er wiederkam.«

Wieder fährt ein Lkw vorbei, diesmal in Richtung La Metódica. Lépori hebt den Arm.

»Zwei Jahre später hatte er alles verzockt: zwei Häuser, drei Autos. Außerdem hatten sie ihn bei einem Geschäft über den Tisch gezogen ... Er war am Ende. Eines Morgens sehe ich ihn die Landstraße entlangkommen. Von dort drüben.« Er zeigt auf die Gabelung. »Er hatte eine Tasche dabei, das war alles. Und er ist geblieben.«

»Bei Ihnen und Perlassi? Hat er bei der Tankstelle mitgearbeitet?«

»Ja. Damals hat die Antennenfabrik noch floriert. Da kamen jede Menge Autos zum Tanken oder Waschen, und die Busse der Linie Villegas-Rufino mussten in Schuss gehalten werden.« Er zeigt vage nach hinten auf den Waschgraben, in dem sich altes Zeug stapelt.

»Manchmal kann ich es nicht fassen, wie sehr sich die Menschen selber schaden. Es ist ja nicht so, dass der Tanque sich nicht darüber im Klaren gewesen wäre ... Im Gegenteil, er wusste besser als jeder andere, dass er sich mit seiner Zockerei das Leben ruinierte. Aber er konnte nicht anders. Vielleicht hat er gedacht, dass er weit weg von Buenos Aires ... Aber es hat nicht geklappt. Hier erging es ihm auch nicht besser. Kaum hatte er ein, zwei Scheinchen verdient ... schon ist er losgezogen und hat sie verspielt.«

Aráoz ruft sich den Tanque in Erinnerung. Ein Kraftpaket, ein Büffel mit Torriecher, ein Stürmer, wie es sie heute nicht mehr gibt. Es fällt ihm schwer, sich ihn als einen vom Leben geschlagenen Menschen vorzustellen.

Sie schweigen, bis Aráoz sich räuspert und zu fragen wagt: »Woran ist er gestorben?«

Lépori lässt sich mit der Antwort Zeit.

»Es ging ihm miserabel. Er war zutiefst deprimiert. Wir haben versucht, ihm zu helfen, alle hier ... Aber es war nichts zu machen.«

Aráoz hakt lieber nicht nach. Zu oft hat er erlebt, dass der Alte sich fremden Argumenten gegenüber taub stellt und die Vergangenheit nach eigenem Gutdünken zurechtlegt. Außerdem ist er diesmal froh, dass Lépori ihm die Einzelheiten erspart. Er sieht auf seine angewinkelten Beine. Seine Taschen, wegen eines Ölflecks etwas abseits, scheinen zu fragen, wie es jetzt weitergehen soll mit dieser verrückten Expedition, auf der er sich schon seit einer Woche befindet. Er steht auf, nimmt in jede Hand eine Tasche und schlendert in aller Ruhe zu seinem Zimmer.

Mit einundzwanzig bleibt Aráoz vor einer Buchhandlung in der Avenida Corrientes, Ecke Montevideo stehen, auf der Straßenseite mit den ungeraden Hausnummern. Die Uhr an der Wand im hinteren Teil zeigt an, dass es zwanzig nach drei ist. Er sieht auf seine Armbanduhr und stellt fest, dass es darauf fünfundzwanzig nach drei ist. Die Uhr der Buchhandlung muss falsch gehen, denn seine hat er gestern nach dem Radio gestellt.

Als Aráoz von seiner Siesta zurückkehrt, sind seine Schuhe pitschnass. Auf dem Hinweg hat er den Eindruck gehabt, dass es unter der Weide, unter der er schon einmal ein Schläfchen gehalten hat, trocken ist, also hat er versucht, sich zwischen den Büschen und den Pfützen dorthin durchzuschlagen. Als er das Unterfangen endlich aufgab, war er bis zu den Fußknöcheln mit Schlamm verdreckt. Zum Glück war der Nachmittag mild, und die Sonne stand hoch am wolkenlosen Himmel. Er hat sich die Decke aus seinem Zimmer um die Beine gewickelt und gut geschlafen.

Bei seiner Rückkehr tankt Lépori gerade einen Lkw. Er geht zu dem Alten und bittet ihn um Zeitungspapier. In seinem Zimmer knüllt er es zusammen und drückt es fest in jeden Schuh wie früher seine Mutter in die Mokassins, wenn er bei Regen aus der Schule gekommen ist. Er zieht die Latschen an, die ihm der Alte überlassen hat, und geht los, um den Rest der Zeitung zurückzugeben.

Auf dem Zementweg denkt er über sein Aussehen nach. Mit dem hellblauen Bürohemd, der bis zu den Knien hochgekrempelten Hose, Léporis grünen Latschen und der schlecht gefalteten Zeitung unter dem Arm sehe ich aus wie ein Busfahrer, der wie durch ein Wunder einen Vulkanausbruch oder ein Erdbeben überlebt hat. Was ist übrig von dem mutigen Partisanen, der am Montagmorgen in Wilde aufgebrochen ist? Der seine Vergangenheit ins Reine bringen oder sterben wollte? Nichts. Stattdessen ist dieser nette, korrekte Vierzigjährige wieder zum Vorschein gekommen, der eine alte Zeitung zurückgeben will.

Als er an der Zapfsäule ankommt, kocht er vor Wut.

»Na, mein Junge. Hat die Zeitung was genützt?«

»Lecken Sie mich am Arsch, Lépori.«

»Heute Abend koch ich einen Linseneintopf.«

»Das interessiert mich einen Scheiß«, sagt Aráoz, der dem Alten schon wieder den Rücken zugewandt hat.

»Komm nicht zu spät, ich mache nämlich heute früher Feierabend. Die Lkws von Lorgio tanken erst morgen auf, also stelle ich mich bald an den Herd, ja?«

»Ja, verdammt.«

Aráoz schleicht um den Tisch mit den vielen Büchern herum. Er muss Zeit totschlagen, bis zehn vor vier oder fünf vor vier, denn um vier ist er mit Leticia verabredet, am Eingang zum Theater San Martín. Es liegt gleich um die Ecke, also reicht es, wenn er um fünf vor vier oder um vier vor vier aufbricht.

Aráoz klopft an die Tür der Gaststätte und wartet, bis Lépori ihn hereinbittet. Der Abend ist kühl, und weil alle Außenlichter ausgeschaltet sind, sind am Himmel Sterne im Überfluss zu sehen. Drinnen läuft der Fernseher, mehrere Frauen unterhalten sich auf Englisch. Aráoz klopft noch einmal, diesmal stärker.

»Komm rein, Junge!« Endlich hat der Alte es gehört.

Aráoz gehorcht. Der Tisch, an dem sie immer sitzen, ist gedeckt, und aus der Küche duftet es nach Linseneintopf.

»Wie geht's?«

»Schschsch ...«, zischt Lépori mit erhobener Hand. Er sitzt versunken auf dem Sofa wie an dem Abend, als Aráoz angekommen ist. »Komm rein, schnell, gleich kommt die beste Szene.«

Aráoz setzt sich neben den Alten. Erst sieht man einen Mann, der durch die Landschaft reitet, dann drei bürgerlich gekleidete Frauen aus dem neunzehnten Jahrhundert, die gerade die Blumenbeete eines Landhauses pflegen. »Edward!«, ruft ein junges Mädchen, und der Name lässt die beiden anderen erstarren. Sie halten in ihrer Arbeit inne und sehen sich verschämt an. Von den beiden Frauen ist eine wesentlich älter als die andere. Aráoz kennt sie aus anderen Filmen.

»Das ist Emma Thompson, oder?«

»Schschsch!«, zischt der Alte wieder, der sich offenbar die Stimmung nicht verderben lassen will.

Die drei Frauen eilen ins Haus. Dort steht eine vierte, die etwas jünger ist als Emma Thompson, und wartet. Die Schauspielerin aus *Titanic*, denkt Aráoz. Die vier Frauen setzen sich und tun so, als wüssten sie nichts von Edwards Ankunft. Der Besucher lässt sich vom Dienstmädchen ankündigen. Der Schauspieler ist derselbe wie in dem Film vom ersten Abend. Diesmal erinnert er sich an seinen Namen.

»Wie heißt der noch? Hugh Grant, oder?«

»Du bist genau im richtigen Moment gekommen.« Lépori geht nicht auf seine Frage ein, sondern nutzt die Szene, in der sich die Figuren nichts zu sagen haben, um kurz die Handlung zusammenzufassen. »Die vier Frauen sind überzeugt, dass er gerade eine andere geheiratet hat. Ein fades Püppchen. Aus Gründen der Ehre. Aber sie irren sich«, sagt Lépori und hebt den Zeigefinger, als hätte Aráoz etwas dagegen einzuwenden. »Tatsächlich wird er gleich Elinor seine Liebe erklären.«

»Welche ist Elinor?«

»Die da.«

Lépori zeigt auf den Bildschirm, wo gerade Emma Thompson in Nahaufnahme zu sehen ist. Unwillkürlich fällt Aráoz auf, wie schön die Schauspielerin ist.

»Schau dir das an«, drängt ihn der Alte.

Emma Thompson alias Elinor steht auf. Mit einer Stimme, die aus ihrem tiefsten Inneren aufzuwallen scheint, fragt sie Hugh Grant alias Edward, ob sie aus seinen Worten schließen dürfe, dass er immer noch Junggeselle sei. Lépori hält den Arm in die Höhe, als wäre es seine Aufgabe, den richtigen Einsatz zu geben. »Ja, das dürfen Sie«, sagt der Held in dem Moment, in dem Lépori den Arm senkt. Überwältigt von ihren Gefühlen, stößt Elinor einen erstickten Schrei aus und sinkt auf ein Bänkchen, das zur rechten Zeit am rechten Ort steht. Die Mutter und die Schwestern flüchten aus dem Haus, damit die Verliebten einander sagen können, was sie zu sagen haben. Elinor verbirgt ihren Kopf zwischen den Armen und scheint alle Tränen dieser Welt zu weinen, während Hugh Grant sich ihr schüchtern, aber entschlossen nähert. Die Absätze seiner Reitstiefel hallen auf dem Holzboden.

»Hör gut zu«, sagt Lépori mit einem seligen Lächeln. »Gleich erklärt er sich ihr.«

Edward geht zu Elinor und flüstert ihr sanft ins Ohr, dass er ihr sein Herz anbietet, jetzt und bis in alle Ewigkeit. Die Musik wird lauter. Obwohl der Film noch nicht zu Ende ist, steht Lépori seufzend auf. Er wirkt um Jahre jünger.

»Den letzten Teil schenke ich mir«, sagt er und geht in die Küche, um den Eintopf zu servieren.

»Soll ich ausmachen?«

»Ja. Und hol den Wein und den Flaschenöffner.«

Am gedeckten Tisch treffen sie wieder aufeinander. Lépori hat zwei bis an den Rand gefüllte Teller Linseneintopf in den Händen.

»Vorsicht: heiß«, warnt er, als sie sich setzen.

»Sie haben wohl ein Faible für Liebesfilme«, sagt Aráoz mit einer Kinnbewegung in Richtung Fernseher. Lépori lächelt, als hätte man ihn gerade bei einem Streich ertappt.

»Kannst du dir vorstellen, einer Frau so eine Liebeserklärung zu machen?«

Der Alte hat sich nichts bei der Frage gedacht, ist einfach dem Faden seiner Fantasie gefolgt. Trotzdem antwortet Aráoz kurz angebunden: »Nein, kann ich nicht.«

Lépori sieht ihn an, als wolle er etwas sagen oder als zögere er, ob er es sagen oder schweigen soll.

»Du bist mir vielleicht einer, Junge.«

Aráoz, der sich gerade den Gaumen verbrannt hat, trinkt sein Glas Wasser in einem Zug aus.

»Warum?«, fragt er verunsichert.

»Ich mein ja nur … Du kommst hierher, um nach Perlassi und diesem Spiel zu fragen, und lässt nicht locker, als würde von der Antwort abhängen, ob die Welt sich weiterdreht.« Er macht eine Pause, erwartet vielleicht, dass Aráoz etwas sagt, aber der sieht ihn nur an. »Du hast mir das mit deiner Frau angedeutet … Aber viel erzählt hast du nicht …«

Lépori schenkt Wein ein. Aráoz sieht ihm zu und zögert seine Antwort hinaus.

»Über manche Leben gibt es eben nichts zu erzählen«, sagt er schließlich.

Der Alte kratzt sich an der Augenbraue und starrt auf einen der leeren Tische.

»Na ja, ich glaube, es gibt über jedes Leben etwas zu erzählen«, antwortet Lépori. Auch wenn er keinen großen Nachdruck in seine Stimme gelegt hat, merkt man ihm an, dass er meint, was er sagt.

Ich weiß nicht, warum ich auf deine Mutter gehört habe, ruft Aráoz sich ins Gedächtnis, schweigt aber.

»Ist dir wirklich so wichtig, was vor fünfunddreißig Jahren passiert ist? Ehrlich gesagt …«

»Ja.«

»Meinst du, es wird etwas ändern, wenn du die Wahrheit erfährst?«

»Weiß nicht.«

Die Antworten sind wie Hammerschläge, auf die lange Pausen folgen. Lépori kneift die Augen zusammen und fasst sich ans Kinn wie ein Detektiv, der ein Steinchen ins Mosaik eines schwierigen Falls fügen will.

»Du hast deinen Vater früh verloren, oder?«

Aráoz wird von der Frage überrascht. Worauf will der Alte hinaus?

»Ja. Mit elf. Wieso?«

»Keine Ahnung, war nur so ein Gedanke. Da ist dieses Interesse an Perlassis Geschichte und da ist dieser Wunsch, die Vergangenheit zu verstehen ... Vielleicht hängt beides miteinander zusammen.«

»Und was wäre das für ein Zusammenhang?«, fragt Aráoz, der innerlich erstarrt ist.

»Na ja, wenn ich darüber nachdenke, kommt es mir so vor, als würdest du in Perlassi deinen Vater suchen. Ich war auch mal klein, mein Junge. In dem Alter ist der eigene Vater ein Superheld. Ein Genie, ein Filmstar. Es würde mich nicht wundern, wenn sich da was vermischt hätte. Indem du Perlassi in guter Erinnerung behältst, willst du dir das Bild deines Vaters bewahren.«

Aráoz sieht ihn lange an, bevor er antwortet.

»Fehlt nur noch die Pfeife und der graue Bart, dann säße Sigmund Freud vor mir«, sagt er in unbeteiligtem Tonfall. »Oder Sherlock Holmes.«

»Jetzt spiel nicht den Schlaumeier und sag mir, ob ich richtig liege.«

Aráoz nimmt sich wieder ewig Zeit, bis er antwortet. In der absoluten Stille hört man das Knistern des sich abkühlenden Fernsehers. Beide haben aufgehört zu essen und blicken sich über den Tisch hinweg an.

»Mein Vater ist damals nicht gestorben. Sie haben gefragt, ob ich ihn verloren habe, nicht, ob er gestorben ist.

Gestorben kann man das nicht nennen. Vielleicht lebt er sogar noch. Aber er ist damals, als ich elf war, einfach verschwunden und ward nie wieder gesehen.«

Diesmal legt Aráoz eine noch längere Pause ein, als bereitete ihm dieses Schweigen eine merkwürdige Art von Genuss.

»Superheld ... na ja. Kennen Sie einen Superhelden, der seinen Sohn regelmäßig verprügelt? Seinen sechsjährigen, neunjährigen, zehnjährigen Sohn? Ihn windelweich schlägt, mit dem Gürtel oder mit der Hand? Der ihn dafür sogar unterm Bett hervorzerrt? Einen Superhelden, der seinen Sohn warnt, ja nicht zu heulen, weil es sonst doppelt was setzt? Ich weiß nicht, ob Sie so einen Superhelden kennen. Ich jedenfalls nicht.«

Aráoz greift zur Sodaflasche, aber sie ist leer. Dann sieht er dem Alten in die Augen, der seinem Blick standhält.

»Werden Sie lieber Meteorologe, Lépori. Dafür haben Sie Talent. Als Kinderpsychologe sind Sie genauso erbärmlich wie als Angler.«

Gesammelte Erzählungen von Julio Cortázar, *steht auf dem Einband. Es ist ein gut gebundenes Buch, mit harten, in braunes Leder eingeschlagenen Deckeln. Der Schutzumschlag, auf dem rosafarbene Töne dominieren, ist aus glänzendem Papier. Aráoz nimmt das Buch vom Tisch. Er hat noch nie etwas von Cortázar gelesen, weiß nur, dass er vor kurzem gestorben ist, und vermutet, dass diese Ausgabe eine Art Hommage ist.*

Wieder schweigen sie: Aráoz, weil er keine Lust zu reden hat, und Lépori, weil er zum ersten Mal, seit sie sich kennengelernt haben, nicht weiß, was er sagen soll. Aráoz trinkt einen Schluck Wein und isst noch einen Löffel Eintopf.

»Bis zu meiner Hochzeit habe ich zu Hause gewohnt, also achtundzwanzig Jahre lang«, fängt Aráoz schließlich doch an zu erzählen, in einem Ton, der so leer klingt, als wüsste nicht einmal er selbst, wohin das alles führen soll. »Von Geburt an. Immer im selben Zimmer. Das Einzige, was ich bei meinem Auszug mitgenommen habe, war ein Poster von Perlassi. Das Poster und meine Wäsche.«

»...«

»Ein Poster aus *El Gráfico*. Von neunzehnhundertsiebzig oder -einundsiebzig, glaube ich. Einundsiebzig, wenn ich es mir recht überlege. Mein Onkel hat es mir geschenkt. Onkel Quique hat meinen Cousins immer *El Gráfico* gekauft. Als ich das Poster abgehängt habe, war die Stelle an der Wand so weiß, als wäre sie aus einem anderen Haus. Seither lag es in einem Schuhkarton, in dem ich Sachen aus meiner Kindheit aufbewahre. Ganz unten, damit es nicht zerknittert. Na ja, ein bisschen kaputt ist es schon. Die Ecken fehlen. Sonst ist es picobello. Ein bisschen vergilbt. Die Ecken sind abgerissen, weil ich sie so oft mit Tesastreifen überklebt habe.«

Lépori sieht ihn lange an. Aráoz hält den Blick gesenkt und rührt mit dem Löffel in seinem Teller, um die Linsen abzukühlen, was gut erzogene Menschen nicht tun, wie man ihm als Kind eingetrichtert hat. Es lebe der Rebell!, denkt er, wie um sich selber wehzutun.

»Mein Onkel hat es mir geschenkt. Es hat eine Weile

gedauert, bis ich den Mut hatte, es mit Reißnägeln an die Schrankwand zu pinnen. Am nächsten Abend hat mein Vater beobachtet, wie ich das Poster im Licht der Nachttischlampe verträumt ansehe. Er hat mir eine gescheuert, dass es mir fast das Kinn ausgerenkt hätte. ›Damit machst du den Schrank kaputt, du Idiot‹, hat er gesagt und das Poster abgerissen. Dann ist er mit dem Fingernagel über die vier kleinen Löcher gefahren und hat mich wütend angesehen.«

Weil Aráoz es leid ist, in dem Eintopf herumzurühren, schiebt er den Teller von sich weg, stützt die Ellbogen auf den Tisch und legt seinen Kopf in die Hände. Sein Gesicht ist fast ganz verdeckt, so dass seine Stimme hohl klingt.

»Er hat es zusammengeknüllt und in den Mülleimer geworfen. An diesem Abend hat es Schnitzel mit Kartoffelpüree gegeben. Zum Glück, denn weil mir das so gut schmeckt, habe ich alles bis auf den letzten Krümel aufgegessen. Hätte es Polenta gegeben, wäre das Poster dreckig geworden. So bin ich wach geblieben, nachts in die Küche geschlichen und habe das Poster aus dem Mülleimer geholt.«

Aráoz atmet tief durch, lehnt sich zurück und verschränkt die Arme, was er immer tut, wenn ihm eine Situation peinlich ist. Trotzdem erzählt er die Geschichte zu Ende.

»Am nächsten Morgen musste ich eine Schrecksekunde überstehen, als mein Vater beim Frühstück aufgestanden ist und die Mateblätter in den Mülleimer geleert hat. Aber er hat nichts gemerkt. Offenbar hatte er die Sache schon vergessen.«

Lépori nimmt die Sodaflasche und hält sein Weinglas unter den Hahn, aber als er den Mechanismus betätigt, entweicht nur Luft oder Gas. Der Alte nickt und stellt die Flasche wieder zurück. Als wäre das Mixen der Schorle der letzte Vorwand gewesen, um das anstehende Gespräch hinauszuzögern, fängt er an zu sprechen, diesmal in einem nachgiebigen Ton.

»Perlassi ist ein Mann der alten Schule, wie aus einer anderen Zeit. Das musst du bedenken. Möchtest du noch was von dem Eintopf?«

Aráoz schüttelt den Kopf.

»Nach allem, was ich dir von ihm erzählt habe, hältst du ihn vielleicht für einen alten Spinner. Und irgendwie war er auch immer ein Spinner, schon in jungen Jahren.«

»Wieso ein Spinner?«

»Vielleicht ist Spinner nicht das richtige Wort. Trotzig. Stur. Wenn er sich mal was in den Kopf gesetzt hat … Schon als Kind war er so. Immer schon.«

»Und was hat das mit der Sache zu tun, die ich ihn fragen will?«

»Jede Menge.«

Aráoz steht in der Buchhandlung und liest. Ich tue, was ich kann, dass sie nicht Ihre Sachen ruinieren. Sie haben die Bücher auf dem untersten Regalbrett ein bisschen angenagt, ich habe sie versteckt, damit Sara es nicht merkt. Haben Sie Ihre Lampe mit dem Porzellanbauch, bemalt mit Schmetterlingen und alten Rittern, sehr gemocht? *Aráoz hat gerade gelernt – und er wird es nie mehr vergessen –, dass Porzellanlampen einen Bauch haben.*

»Die meisten Leute schauen nicht über den eigenen Tellerrand hinaus.«

Aráoz holt ein Stück Brot aus dem Kasten, bricht es und pult die Krumen heraus. Er formt sie zu einer Kugel, um damit die Reste von seinem Teller zu wischen.

»An diesem Abend, als ihr im Stadion wart … Was haben die zwanzigtausend Fans gesehen? Sie haben gesehen, wie Perlassi den Tanque Villar hat davonrennen lassen, wie er ihm vom Mittelkreis bis zum Tor gefolgt ist, ohne ihn rechtzeitig umzusäbeln. Das sagt viel darüber aus, wie die Leute so sind.«

Während er erzählt, steht er auf und holt eine neue Sodaflasche aus der Küche.

»Wie viele Sekunden hat das Ganze gedauert? Zehn? Fünfzehn? Perlassi hatte fünf Jahre lang das Trikot von Wilde getragen, die Zeit bei der Jugendabteilung nicht mitgerechnet. Er hat die Mannschaft in die erste Liga geführt. Er hat den Club durch seinen Wechsel zu River saniert. Und bevor er die Fußballschuhe an den Nagel gehängt hat, hat er noch mal seine Knochen hingehalten, um sie vor dem Abstieg zu retten. Ohne dass man ihn darum gebeten hat. Richtig?«

Er wartet die Antwort nicht ab.

»Aber im Gedächtnis geblieben sind den Fans diese fünfzehn Sekunden. Diese verfluchten fünfzehn Sekunden. In denen Perlassi dem Tanque hinterhergerannt ist, in denen der Tanque das Tor geschossen hat. Hast du dir mal überlegt, was diese fünfzehn Sekunden für Perlassi bedeutet haben? Wie lang sie ihm vorgekommen sind? Wie schmerzhaft sie für ihn waren? Nein. Hast du nicht. Immerhin hast du Zweifel, das ist schon mal was. Aber die anderen, die hatten keine Zweifel. Nie. Und Perlassi wusste das ganz genau. Undankbares Pack.«

Wahrscheinlich hat vor Cortázar schon mal jemand anders geschrieben, dass Porzellanlampen einen Bauch haben. Aber Aráoz hat es zum ersten Mal lesen und verstehen können. Erst Cortázar hat ihn lesen und verstehen gelehrt. Wie hypnotisiert ist er von diesem Buch mit Ledereinband, von diesen Seiten mit knappem Rand.

Der Alte trinkt seinen Wein aus und schenkt sich das Glas wieder halb voll.

»Weißt du, was Perlassi gemacht hat, als er dem Tanque auf den Fersen war? Als er gemerkt hat, dass er zu spät dran war?«

Er spritzt Soda in sein Glas. Der Wein wird heller, Sprudelbläschen steigen auf.

»Er hat geweint.«

Der Alte hält inne und sieht Aráoz an, als erwarte er eine Reaktion. Als keine kommt, schnaubt er, lächelt kurz und fährt fort.

»Wahrscheinlich haben die Zuschauer es nicht bemerkt, weil die Entfernung zu groß war oder weil sich die Tränen mit dem Schweiß vermischt hatten oder weil sich ein vor Angst und ein vor Anstrengung verzerrtes Gesicht so ähnlich sehen. Schließlich sind Angst und Anstrengung zwei Formen des Leidens. Jedenfalls wusste Perlassi, was er da tat. Es war, als würde er alle Erinnerungen, alle Fotos, allen Beifall zu einem Haufen stapeln und anzünden. Deshalb hat Perlassi geweint. Weil er wusste, dass er dabei war, sich sein eigenes Grab zu schaufeln.

In den zwei Wochen vor diesem letzten Spieltag hat er inständig darum gebetet, dass es nicht zu so einem Spielzug kommt. Was meinst du, warum er rechts gespielt hat? Und bis zur fünfundachtzigsten Minute die Nummer zehn gedrängt hat, seine Position einzunehmen?«

»Stimmt«, unterbricht ihn Aráoz. »Auf der Tribüne haben sich mehrere Leute laut gefragt, was er auf der rechten Seite zu suchen hat.«

»Siehst du. Aber du weißt ja, wie Fußball ist. Da klärt der Torwart mit dem Fuß, und Perlassi sieht, wie der Ball in Richtung Mittelkreis fliegt. Weißt du, wie oft sich Perlassi diesen verdammten Spielzug vergegenwärtigt hat? Weißt du, wie oft er sich vorgestellt hat, was passiert wäre, wenn er stehengeblieben wäre wie die anderen Mitspieler, statt wie eine Rakete auf den Mittelkreis zuzuschießen? Hätte er sich nicht gerührt, wäre er einer von vielen gewesen. Einer von vielen, die nur zusehen, wie der Tanque sie in die zweite Liga schießt. Aber Perlassi rennt los. Weil er nicht gegen seinen Instinkt ankommt. Danach gab es kein Zurück mehr. In dem Moment, in dem er losgerannt ist, hat er verloren.

Trotz seiner sechsunddreißig Jahre ist er pfeilschnell. Als er Fahrt aufnimmt, ist der Ball noch in der Luft, rund zwanzig Meter entfernt. Doch als er am Mittelkreis aufspringt, sind es nur noch zehn Meter. Und dort stößt er auf den Mann mit der schwarzen Rückennummer neun, den Tanque Villar. Wenn es nicht zum Heulen wäre, wäre es zum Lachen. Perlassi hat sich nämlich allein in die Höhle des Löwen gewagt. Während Perlassi dem Tanque hinterherrennt, der zehn Jahre jünger ist als er, losstürmt wie ein Stier und den Ball abzuschirmen weiß wie kaum ein anderer, wird Perlassi sich bewusst, dass er verloren hat.

Ihm wird klar, dass man das Schlimmste von ihm denken wird. All das, was du vor fünfunddreißig Jahren gehört hast. Und vieles, was du gar nicht mitbekommen hast. Perlassi rennt, aber weil er den Tanque nicht foult, denken alle, er ist gekauft. Ein Dieb. Ein Dreckskerl. Während er rennt, weiß er, dass die Leute das denken, dass sie es ihr Leben lang denken werden.

Und später wird er es hören, wird sehen, wie sie vom Zaun auf ihn spucken. Er wird sogar die Polizei darum bitten müssen, dass seine Mannschaft den Tunnel der Auswärtsmannschaft benutzen darf. Bei sich zu Hause klingelt das Telefon rund zwanzigmal am Tag, bis er die Drohungen und Beschimpfungen so satthat, dass er das Kabel aus der Wand reißt.

Auch lesen wird er sie, die Beschimpfungen. Irgendein Verräter aus dem Präsidium – wahrscheinlich ebenjener Samaritano, möge er in seinem Altersheim vermodern – wird die Adresse seiner Eltern in O'Connor weitergeben, und in den Briefen werden die Schreiber kein Blatt vor den Mund nehmen: *Du hast mein Leben versaut, du Arschloch.* Diesen Brief hat Perlassi noch. Geschrieben in sauberer Handschrift. Von einem gewissen Alberto Gómez, aus der 5B, Martín-Miguel-de-Güemes-Oberschule in Villa Domínico.«

Dass sie zerbrochen ist, fällt kaum auf, die ganze Nacht habe ich mit einem Spezialkitt gearbeitet, den man mir in einem englischen Laden verkauft hat, *liest Aráoz im Stehen an einem Tisch in einer Buchhandlung auf der*

Seite mit den ungeraden Hausnummern der Avenida Corrientes. Verblüfft begreift er, dass man den speziellen Zement, um eine Lampe zu kleben, unbedingt in einem englischen Laden kaufen muss.

»Aber…«

»Natürlich ist eine wichtige Frage noch nicht beantwortet. Die nach dem Warum. Warum hat Perlassi das gemacht? Warum hat er sich in die Hölle gestürzt? Wie gesagt, die Leute schauen nicht über den Tellerrand hinaus. Für sie hat Perlassi sich verkauft, Punkt. Aber es stimmt eben nicht. Denn Perlassi hat sich nicht verkauft, vielmehr begleicht er eine Schuld. Nicht mehr und nicht weniger. Er begleicht etwas, das er dem Tanque schuldet. Und dabei geht es nicht um Geld.«

Der Alte macht eine Pause, aber Aráoz liegt nichts ferner, als ihn jetzt zu unterbrechen.

»Gott sei Dank geht es nicht um Geld. Denn Geld hätte der Tanque an einem einzigen Nachmittag auf der Pferderennbahn von San Isidro oder Palermo verzockt.« Er nimmt einen Schluck von der Weinschorle und seufzt. »Perlassi und der Tanque haben mal zusammen gespielt. Na ja, ›gespielt‹ ist gut gesagt. Gestern habe ich es dir ja angedeutet. Neunzehnhundertsechsundsechzig waren sie beide bei Social Esgrima. Das war vor deiner Zeit und außerdem auch so ein Club, der den Bach runtergegangen ist. Damals aber hatten sie eine tolle Mannschaft. *Ein Verein, der nach ganz oben strebt*, lautete eine Schlagzeile in *Goles*. Leider verpflichten sie einen Idioten von Trainer. Einen dieser Schwachköpfe, die sich für modern halten, tatsächlich aber eine Mischung aus

Witzfigur und Nazischüler sind. Weißt du, von wem ich spreche?«

»…«

»Lamadrid heißt er. Oder hieß er. Ich weiß nicht, ob er noch lebt. Hoffentlich nicht. Klar, wie sollst du den kennen? Keiner kennt ihn mehr. Ist vollkommen vergessen. Geschieht ihm recht, diesem Rindviech. Hält sich für ein Genie und pfuscht bei der Mannschaftsaufstellung. Erniedrigt die jungen Spieler. Verachtet die älteren. Bestraft die Kämpfer. Belohnt die Schleimer.

Eines Tages lässt er die Mannschaft im Kreis antreten und hält ihnen eine Predigt, als wäre er Moses mit der Gesetzestafel. Behandelt sie wieder mal wie den letzten Dreck. Da reißt Perlassi der Geduldsfaden. Er hebt die Hand und bittet um Erlaubnis, sprechen zu dürfen. Als dieser Schwachkopf sie ihm zähneknirschend erteilt, sagt er: ›Wissen Sie, was Sie sind, Lamadrid? Ein Idiot. Ein Idiot, der so blöd ist, dass er nicht mal merkt, dass er der größte Idiot im argentinischen Fußball ist.‹ So ist Perlassi eben. Diplomatie war noch nie seine Stärke.

Erst verschlägt es dem Giftzwerg die Sprache. Er läuft rot an. Und dann schmeißt er ihn raus. Schickt ihn nach Hause. In seiner Mannschaft dulde er keinen Ungehorsam, sagt er. Und Intrigen von Möchtegernstars lasse er sich nicht bieten. Daraufhin packt Perlassi seine Fußballschuhe und hängt sie sich über die Schulter. Er steht zu dem, was er gesagt hat. Der Giftzwerg merkt, dass er dabei ist, den Kürzeren zu ziehen. Denn die anderen respektieren Perlassi, mögen ihn, bewundern ihn. Er sieht es in ihren Blicken. Und er begreift, dass sie ihn nie so ansehen werden, niemals.

Genau deshalb wird er wütend. Er stellt sich auf die Zehenspitzen und schreit mit dünner Fistelstimme, wer mit Señor Perlassi einer Meinung sei, könne gern aufstehen und gehen, Versager könne er in seiner Mannschaft sowieso nicht brauchen. Lamadrid weiß, dass die meisten lieber den Schwanz einziehen. Mitten in der Saison wird kein anderer Club sie verpflichten, schon gar nicht, wenn sie als Störenfriede gelten. Deshalb sieht Lamadrid sie selbstzufrieden an, und sie weichen seinem Blick aus, starren auf ihre Füße oder den Rasen und denken sich Rechtfertigungen aus, um nicht als Waschlappen dazustehen.

Da steht der Tanque auf. Er steht auf und hängt sich ebenfalls die Schuhe über die Schulter. Er hängt sich die Schuhe über die Schulter, während die anderen den Blick zu ihm heben, und sagt zu Lamadrid: ›Ich finde, dass Perlassi recht hat und Sie der größte Vollidiot auf Erden sind. Noch vier Spieltage, und man wird Sie davonjagen wie einen räudigen Hund, aber Sie widern mich so an, dass ich es keinen Monat mehr aushalte.‹

Noch so ein Diplomat, der Tanque. Lamadrid läuft wieder rot an. Vielleicht wird er auch bleich, jedenfalls hat er keine natürliche Gesichtsfarbe mehr. Jetzt hat er endgültig jeden Respekt verloren. Noch einen Gegenangriff wird er nicht wagen, denn er hat Angst, dass ihm die ganze Mannschaft davonläuft.

Perlassi freut sich, Lamadrid so zu sehen. Dann richtet er seinen Blick auf den Tanque. Der Hüne hat ihn gerettet. Denn wenn Perlassi allein gegangen wäre, hätte Lamadrid, dieser Feigling, dieses Arschloch, ihn endgültig zur Sau gemacht. Hinter seinem Rücken, versteht sich. Aber der Tanque hat ihm die Suppe versalzen. Er hat auf seine Drohung gepfiffen, so dass der jetzt im Hemd dasteht. Deshalb grinsen Perlassi und der Tanque sich über die im Kreis sitzenden Spieler hinweg an. Ein göttlicher Anblick. Wie die beiden da stehen und der Rest auf dem Rasen hockt. Und dem Idioten von Lamadrid weicht immer mehr die Farbe aus dem Gesicht, als wäre er in Tempera gemalt und käme mit Wasser in Berührung.

Sie bleiben noch eine Weile stehen. Weißt du, warum?«

Aráoz weiß es nicht und hütet sich davor zu fragen. Er will nur eines: dass der Alte weitererzählt.

»Sie bleiben im Kreis ihrer sitzenden Mitspieler stehen, damit Lamadrid reagieren, sie angreifen, sich verteidigen kann. Aber es passiert nichts. Der Giftzwerg schweigt. Er steht nach wie vor in der Mitte, aber er ist längst ein Niemand.«

Aráoz liest die Erzählung zu Ende und vermag kaum zu glauben, dass jemand so eine Geschichte erfinden kann. Er blättert nach vorn und beginnt sie von Anfang an zu lesen. »Brief an ein Fräulein in Paris«, heißt sie. Und für Ezequiel Aráoz wird sie für immer die schönste Geschichte der Welt sein.

»›Gehen wir?‹, fragt der Tanque nach einer Weile.

An diesem Vormittag bewegt sich Perlassi seit fünfzehn Jahren in der Welt des Fußballs. Die meisten Leute, die er dort getroffen hat, sind ihm zuwider. Er gibt nicht dem Fußball die Schuld daran, er ist sich sicher, dass es bei den Feuerwehrleuten, den Apothekern, den

Hausfrauen auch nicht anders ist, weil alle Welten Teil derselben Welt sind.

Perlassi sieht den Tanque an und weiß, dass der anders ist, ein guter Kerl. ›Gehen wir‹, sagt er, und gemeinsam verlassen sie den Kreis durch die Lücke, die ihnen zwei ihrer ehemaligen Mitspieler auftun, eine kleine Lücke wohlgemerkt. Und Perlassi weiß auch, dass er immer in der Schuld dieses Hünen stehen wird, der ungelenk aussieht, aber einen begnadeten rechten Fuß hat.

Er sagt es ihm nie. Nicht damals und auch nicht später. Perlassi findet, dass man manche Dinge nicht aussprechen sollte. Man tut sie oder man tut sie nicht. Deshalb gehen sie schweigend, die an den Schnürsenkeln zusammengebundenen Fußballschuhe über die Schulter gehängt, zur Umkleidekabine, die am anderen Ende des Clubgeländes liegt. Gut, dass die Kabine so weit weg lag, wenn ich es mir jetzt so überlege. Mir gefällt nämlich dieses Bild der beiden Männer, die in eine ungewisse Zukunft gehen, aber mit dem guten Gefühl, das Richtige getan zu haben.«

Lépori macht wieder eine Pause und trinkt einen Schluck, als hätten das Reden und die Erinnerungen seine Kehle ausgetrocknet.

»In der Kabine haben sie sich umgezogen und die Hand gegeben. Dann haben sie sich fünf Jahre nicht mehr gesehen. Beide hatten große Probleme, wieder einen Verein zu finden, dafür hat dieser Zwerg gesorgt mit dem Gift, das er überall verspritzt hat. Für Perlassi war es leichter, weil er sich schon einen Namen gemacht hatte. Ganz anders der Tanque. Der Tanque musste bei Zweitligaclubs anheuern. Einige Saisons hat er auch bei Vereinen aus dem Landesinneren gespielt, die sich für den damaligen Nationalpokal qualifiziert hatten. Du kannst dir ja denken, wann sie sich wiedergetroffen haben.«

Aráoz sitzt einfach nur mit wachem Blick da und lässt sich kein Wort des Alten entgehen. Und ja, er kann es sich denken.

»Vor dem Anpfiff des Spiels Wilde gegen Lanús an diesem verfluchten Abend des Jahres neunzehnhunderteinundsiebzig gaben sich die beiden die Hand. Perlassi spielte im rechten offensiven Mittelfeld. Er wusste genau, was für die Mannschaft des Tanque auf dem Spiel stand, und hatte genügend Zeit, sich zu überlegen, was er tun würde und was nicht. Fünfundachtzig Minuten lang ging sein Plan auf. Die Schreie des Gordo Arce von der Seitenlinie hat er geflissentlich überhört. Der arme Gordo hat Perlassi so oft zugerufen, er solle seine Position im Zentrum wieder einnehmen, dass er am Ende keine Stimme mehr hatte. Wahrscheinlich dachte er, die Nerven spielten Perlassi einen Streich. Aber das war es nicht. Perlassi wollte eine Grenzsituation vermeiden, wie sie im Fußball so oft vorkommen.«

Der Alte spritzt Sodawasser in sein Glas.

»Für drohendes Unheil hatte Perlassi immer schon einen Riecher. Ein Talent, aber ein nutzloses Talent, denn abwenden konnte er das Unheil nie. Als der Ball aus dem Strafraum geflogen kam, rannte Perlassi los, aber ihm wurde schnell klar, dass der Tanque schneller sein würde. In dem Moment wusste er, dass sein Albtraum wahr werden würde. Deshalb weinte er in diesen fünfzehn Sekunden, die er hinter dem Tanque herrannte.

Der Tag der Abrechnung war gekommen, er musste seine Schuld begleichen, und das tut immer weh. Perlassi hatte ja nicht beschlossen, die anderen gewinnen zu lassen oder den Tanque in normalen Spielsituationen nicht zu foulen. Das nicht. Aber dieser Spielzug war etwas anderes. War entscheidend. So entscheidend wie damals, als der Tanque sich auf seine Seite geschlagen hatte. Alle Karten lagen auf dem Tisch, alle Hosentaschen waren nach außen gestülpt. Und Perlassi wusste, dass er den Tanque nur aufhalten konnte, indem er ihn umsäbelte, mit Absicht, von hinten. Er wusste, dass er keine Chance hatte, ihm den Ball sauber abzunehmen. Er wusste, dass der Tanque mit Gefühl ins lange Eck schießen würde. Er wusste, dass dies der Abend des Tanque war, dass die kommenden Jahre dem Tanque gehören würden. Und deshalb brachte er es nicht übers Herz, ihm mit einem Foul die Zukunft zu versauen.«

Der Alte lächelt kurz, resigniert.

»Was soll man machen? Manchmal kommt einem Loyalität teuer zu stehen.«

Er schnaubt, als wollte er seiner Bemerkung das Feierliche nehmen. Wieder kratzt er sich an der Augenbraue, bevor er fortfährt.

»Perlassi versuchte den Tanque abzudrängen, aber der Tanque machte die Seite geschickt zu. Also versuchte er es auf der anderen Seite, aber der Tanque setzte seine ganzen hundert Kilo ein. Da hatte Perlassi nur noch zwei Optionen: ihn umzusensen oder weiter hinter ihm herzurennen. Den Rest kennst du ja.«

Eine Weile ist nur das Tropfen des Wasserhahns in der Küche zu hören. Aráoz kratzt sich am Kopf.

»Scheiße«, sagt er schließlich. »Der arme Perlassi.«

Der Alte nickt.

»Eines hat immerhin geklappt an diesem verfluchten Abend.«

»Was?«

»Der Tanque hat es verstanden.«

Auch Sie werden schon gesehen haben – in Ihrer Kindheit vielleicht –, dass man ein kleines Kaninchen zur Strafe an die Wand stellen kann; aufrecht, mit den Vorderpfoten sich stützend, bleibt es ganz ruhig stehen, stundenlang.

»Nach dem Spiel hat Perlassi schweigend geduscht und sich langsam angezogen. Als er fertig war, war nicht mal mehr der Hausmeister da. Er ging zu seinem Auto. In dem Moment, in dem er den Schlüssel ins Schloss steckte, hörte er in seinem Rücken ein Geräusch.«

»Der Tanque.«

»Genau. Perlassi dachte zuerst, es wäre ein Dieb, der ihm das Auto klauen will. Heute Abend werde ich von einer ganzen Elefantenherde angepisst, dachte er. Er drehte sich um und stand vor dem Tanque, der ihm die Hand entgegenstreckte.«

»Was haben sie gesagt?«

»Wenig. Der Tanque sagte: ›Jetzt sind wir quitt.‹ Das war alles.«

»Mehr nicht?«

»Neiiin! Sie lagen sich in den Armen und haben vor Rührung geweint. Und wenn sie nicht gestorben sind, dann weinen sie noch heute! Was sollten sie sich denn sonst noch sagen?«

Aráoz lässt sich von dem ironischen Getue nicht beeindrucken, denn inzwischen kennt er den Alten gut genug, um zu wissen, dass diese Ausbrüche ihm dazu dienen, seine Scham zu überwinden.

»Ist ja gut, Lépori. Werden Sie nicht gleich sauer. Ich dachte nur, dass Perlassi vielleicht noch was gesagt hat.«

Der Alte stapelt die Teller aufeinander, als wollte er gleich aufstehen. Aráoz bittet ihn mit einer Geste, sitzen zu bleiben.

»Nein. Sie haben sich die Hand gereicht, das war alles. Der Tanque verschwand, und Perlassi stieg in seinen Torino und fuhr ebenfalls los.«

Er steht auf und will schon die Teller in die Küche tragen, als ihm noch etwas einfällt.

»Wiedergesehen haben sie sich erst an dem Tag, an dem der Tanque hier an der Gabelung aus dem Bus gestiegen ist.«

Lépori verzieht das Gesicht vor Schmerz oder vor Ärger. Lustlos stellt er die Teller wieder auf den Tisch und setzt sich. Diesmal ist die Stille drückend, beide hocken in sich versunken da. Schließlich fragt Aráoz: »Das ist die Wahrheit?«

Seine Stimme klingt erschöpft, als hätte er eine lange Reise hinter sich und wüsste nicht, ob er am richtigen Ort angekommen ist. Lépori nickt.

Aráoz hört ein Räuspern hinter sich. Offenbar stört es den Buchhändler, dass dieser dünne Kerl, der vor fünfzehn Minuten den Laden betreten hat, eine ganze Erzählung von Julio Cortázar gratis gelesen hat. Aráoz klappt das Buch zu und legt es zurück.

Aráoz sieht an der Wanduhr, dass es schon Mitternacht ist, und wird sich auf einen Schlag über mehrere Dinge klar. Erstens: dass er nicht müde ist. Zweitens: dass es keinen Sinn hat, noch länger in O'Connor zu bleiben. Drittens: dass in Buenos Aires sein Haus, sein Bett und drei Päckchen Zigaretten auf ihn warten. Und das endlose Starren an die Decke, das Warten auf das Nichts. Oder den Tod.

Aráoz schnaubt, trommelt mit den Fingern der linken Hand auf den Tisch. Blickt an die weiße Decke. Es ist sein typisches Ablenkungsritual, denn er verspürt plötzlich den unwiderstehlichen Drang, die Wahrheit zu sagen.

»Sie ist nicht gestorben. Ich habe Sie angelogen.«

Aráoz überlegt, wie viel Geld er dabeihat. Er ist immer genau, denn er hasst Überraschungen. Also zählt er zusammen, was er im Portemonnaie und was er in der Hosentasche hat, nämlich das Wechselgeld vom Bus minus das, was die U-Bahn-Fahrkarte gekostet hat.

Der Alte sieht ihn erstaunt an.

»Leticia. Meine Frau. Sie ist gar nicht tot.«

Er starrt die Brotkrumen an, die neben seinem leeren Glas auf der Tischdecke liegen. Es sind drei, sie scheinen ein Dreieck zu bilden. Während er dies denkt, wundert er sich über seinen Verstand, der wie so oft das Tragische mit dem Banalen vermengt. Er schiebt die oberste Krume leicht diagonal von sich weg. Jetzt ist es ein gleichschenkliges Dreieck.

»Es war an einem Dienstag. Ich kam nach Hause, und

da saß sie mit zwei gepackten Koffern im Wohnzimmer. Sie habe sich verliebt, hat sie gesagt und ist gegangen.«

Wieder verschiebt er die Krume, diesmal um zwei oder drei Zentimeter. Gleichseitiges Dreieck.

»Zum Glück hatte ich genügend Taktgefühl, um den Mund zu halten und sie nicht zu fragen, um wen es sich handelt und wie es dazu gekommen ist. Damit hätte ich mich nur lächerlich gemacht.«

Aráoz fragt sich, was passiert, wenn er eine der Krumen der Grundseite verschiebt. Ungleichseitiges Dreieck, oder? Ja, genau. Grundseite mal Höhe durch zwei. Die Formel zur Berechnung der Fläche eines Dreiecks. Was für ein Gedächtnis.

»In dem Moment hupt es draußen zweimal, und sie steht auf und geht. Ich weiß nicht mal, ob ich mich hart wie ein argentinischer Macho oder einfach nur wie der letzte Depp verhalten habe.«

Er hebt den Blick, sieht Lépori in die Augen und fragt sich, ob er noch etwas zu sagen hat. Ja. Hat er. Eines noch.

»In diesem Augenblick fehlte mir noch eine entscheidende Information. Leticia stand also da, hatte die Jacke schon angezogen und die Hände gefaltet wie zum Gebet. Sie müsse mir noch etwas sagen. ›Etwas sagen?‹, habe ich gefragt und für mich gedacht: Und was war das eben, du blöde Kuh? Schade, dass ich es nicht laut ausgesprochen habe.«

Aráoz beißt sich auf die Lippe, sein Gesicht glüht vor Wut oder Scham.

»Ich mache es kurz. Sie war im zweiten Monat schwanger. Und der Mann, der draußen gehupt hatte, war der Vater.«

Scheiße, sagt sich Aráoz, der es sich mit seinen achtundzwanzig Jahren nur selten erlaubt, solche Wörter auch nur zu denken. Aber er ist wütend, weil er das Buch nicht kaufen kann. Es ist neu und teuer, und wenn er von dem bisschen Geld, das er noch hat, den Eintritt fürs Kino abzieht, reicht es nicht.

»Es war seltsam. Nicht so sehr die Schwangerschaft. Sondern dass jemand einfach so aus deinem Leben verschwinden kann, als würde er abgesägt, als würde ein Stück abgehackt oder ...« Er stockt, weil er keine Worte findet für das, was er sagen will. »Fremd. Jemand, der mit deinem Leben verzahnt war, ist plötzlich in einer anderen Welt. Nicht weil er mit jemand anders zusammenlebt. Fremd, weil du aus seinem Leben ausgeschlossen bist. Er ist ja nicht tot. Das wäre einfacher zu begreifen. Nein. Er lebt ein neues, anderes, dir nicht zugängliches Leben. Nur ohne dich. Ein Leben, in dem nichts fehlt außer dir. Tatsächlich fehlt diesem Leben nichts, aber dir kommt es so vor, als ob es so wäre ... Dabei ist es nur so, dass du überflüssig geworden bist. Das ist alles.«

Aráoz verliert sich in seinen Worten. Was er sagt, ist nicht das, was er fühlt. Oder doch? Wenn man es in Worte fasst, klingt es blödsinnig ... Vielleicht sind die Welt seines Schmerzes und die Welt der Worte zwei verschiedene Welten, die man nicht miteinander verbinden kann.

Dabei wollen sie ins Kino Leopoldo Lugones, in San Martín, weil der Eintritt dort billiger ist als in normalen Kinos. Trotzdem. Ganz zu schweigen davon, dass Leticia und er nach dem Film noch etwas trinken gehen wollen, und sei es Limonade im Pumper Nic, das gleich um die Ecke liegt.

Lépori sitzt nach wie vor ihm gegenüber und schweigt. Aráoz fühlt sich jetzt tatsächlich leer, hat nichts mehr zu sagen. Zum Glück hat der Alte den Mund nicht aufgemacht. Aráoz widern Leute an, die sich keine traurige Geschichte anhören können, ohne tröstende, resignierte oder aufmunternde Sätze einzuflechten. Menschen, deren Rückgrat nicht stark genug ist, um Horrorgeschichten ohne Happy End zu ertragen. Dieser Alte ist aus anderem Holz geschnitzt. Deshalb mag er ihn. Deshalb und aus vielen anderen Gründen.

»Ich gehe ins Bett«, sagt Aráoz.

Manchmal hat er gedacht, er müsse nur rauslassen, was in ihm fault, müsse sich nur den Schmutz von der Innenseite der Haut waschen, dann werde es ihm besser gehen. Wie früher, als er noch an Gott geglaubt und nach der Beichte das Gefühle gehabt hat, wieder im unschuldigen Zustand der Gnade zu sein. Die Last der Vergangenheit einfach abschütteln. Aber dem ist nicht so. Die Vergangenheit lastet immer noch auf ihm. Vergangenheit hat er genug. Was ihm fehlt, ist Zukunft. Zukunft, das ist nichts Unschuldiges, ganz im Gegenteil.

»Morgen fahre ich nach Buenos Aires zurück«, sagt er und steht auf.

Der Alte macht Anstalten, ebenfalls aufzustehen, aber Aráoz gibt ihm keine Gelegenheit dazu. Er klopft ihm auf die Schulter, geht schnell zur Tür und öffnet sie.

Es ist das letzte Exemplar auf dem Tisch. Was, wenn es verkauft wird, während er das Geld zusammenspart? Was, wenn dieses Buch – dieses Exemplar, mit diesen Seiten, diesem Geruch, diesem kleinen Mangel am oberen Rand des Ledereinbands – dazu bestimmt ist, für immer ihm zu gehören? Er nimmt es noch einmal in die Hand und betrachtet den Umschlag, als könnte ihm das Schwarzweißfoto von Cortázar eine Antwort geben. Aráoz hasst es, wenn es für etwas keine Lösung gibt. Das Leben wäre so einfach, wenn es immer eine Lösung gäbe. Der Buchhändler geht zur Kasse im hinteren Teil des Ladens, weil eine grauhaarige vornehme Dame, die ein Buch mit Fotografien in den Händen hält, ihn gerufen hat.

Da marschiert Aráoz los, als wäre der Teufel hinter ihm her. In vier großen Schritten ist er auf dem Bürgersteig. Die Fußgängerampel ist grün. Er rennt über die Avenida, als ginge es um sein Leben, und biegt in eine Seitenstraße ein. Er rennt Richtung der Sarmiento, rennt mit dem Buch in der Hand. Rennt, was seine Beine hergeben, auf dem Bürgersteig der Montevideo Richtung Süden. Rennt voller Verzweiflung. Denn manchmal ist die Verzweiflung für Aráoz ein enger Pfad, der zu einer merkwürdigen Form von Mut führt.

Wie angewurzelt bleibt er auf der Schwelle stehen. Neulich Abend – wie lange ist das jetzt her? – ist er schon einmal stehengeblieben, aber damals hat ihn der Regen wieder nach innen getrieben, während der Himmel jetzt dunkelblau und voller Sterne ist. Er dreht sich zu dem Alten um, der immer noch am Tisch sitzt und ihn ansieht.

»Jetzt habe ich gar nichts mehr.« Zum ersten Mal in

dieser Woche heftet sich die Angst wie eine Distel an seine Stimme. »Als ich hier ankam, hatte ich wenigstens ein Geheimnis. Jetzt habe ich nicht mal mehr das.«

Er dreht sich wieder um. Draußen ist nur die Nacht. Aber seine Einsamkeit ist zu groß, als dass er sie einfach betrachten könnte. Deshalb dreht er sich wieder zu dem Alten um.

»Na ja«, sagt Lépori und kratzt sich am Kopf. Es sind seit einer halben Stunde die ersten Worte, die ihm über die Lippen kommen. Seine Stimme klingt gelassen. Er hält die Teller in der Hand, weil er sie zur Spüle tragen will. »Ich weiß nicht, ob das stimmt.«

»Ach nein? Was bleibt mir denn noch?«

»Vielleicht … Vielleicht bleibt dir Perlassi, wie er rennt.«

Draußen raschelt dann und wann der Wind in den frischen Blättern. Der Alte fügt erklärend hinzu: »Ich weiß nicht … Um neu anzufangen … reicht das womöglich.«

Aráoz dreht sich wieder um und lehnt sich an den Türrahmen. Er hofft, dass der Alte in dem verschwommenen Licht und auf diese Entfernung seine Tränen nicht sieht.

Samstag, 10. Oktober

Als Aráoz aufwacht, braucht er eine Weile, bis er sich wieder an alles erinnert, was am Vorabend passiert ist. Es ist erstaunlich, wie viel passieren kann, auch wenn man den Abend über nur einem alten Mann gegenübersitzt, mit einem kräftigen Linseneintopf auf dem Tisch.

Er setzt sich auf. Neben dem Bett stehen die gepackten Taschen. Er steckt das Buch weg, das er die ganze Woche über nicht ein einziges Mal aufgeschlagen hat, aber vorher nimmt er noch das doppelt gefaltete Poster heraus. Er riecht daran. Für ihn ist der Geruch nach feuchtem Papier mit das Schönste, was man überhaupt riechen kann. Dann faltet er das Poster auseinander.

Perlassi, »Die Perle der Krone«, steht auf dem Rasen des Stadions von Deportivo Wilde und lächelt. Aráoz fährt mit dem Zeigefinger über das Foto, streichelt das Gesicht seines Idols, den Rasen, die Gin-Reklame von Bols, die Seitenlinie aus Kalk. Drei Minuten lang ist er wieder der achtjährige Junge, der sich von ganzem Herzen wünscht, irgendwann der Fünfer von Wilde zu sein. Wie Perlassi.

Ein merkwürdiges Geräusch, das er hier noch nie gehört hat, reißt ihn aus seinen Erinnerungen. Erst brummt der Motor eines Lkws, dann quietscht es blechern, als fielen Tausende Zinkplatten vom Himmel. Aráoz ahnt, was los ist, und springt aus dem Bett. Bevor er nach Buenos Aires aufbricht, muss er sich unbedingt ansehen, wie schlimm der Lkw der López-Brüder zugerichtet ist. Als er an der Tankstelle ankommt, sitzt sein

Gürtel schief, und der eine Schuh rutscht ihm fast vom Fuß, weil er ihn nicht zugebunden hat.

Die ganze rechte Seite ist verbeult und zerkratzt. Ganz offensichtlich ist der Lkw auf diese Seite gekippt. Da geht die Fantasie mit Aráoz durch, und er stellt sich eine kreischende Bande kleiner Affen mit langem Schwanz vor, die mit Hämmern in der Hand auf dem Dach sitzen und wie verrückt auf die Karosserie einschlagen.

Er geht zum vorderen Teil. Die Fahrerkabine hat es am schlimmsten erwischt. Das Dach ist eingeknickt, die Windschutzscheibe gesprungen. An der Beifahrertür sind die Träger verzogen, und die Fensterscheibe fehlt. Der Seitenspiegel ist notdürftig mit Draht festgebunden, ebenso der Kühlergrill. Die Kühlerfigur ist verschwunden. Die Scheibenwischer sind noch intakt, stehen aber nutzlos in der Luft. Eine der beiden Radioantennen wurde vom Kotflügel abgerissen. Die rechte Seite hat hingegen überhaupt nichts abgekriegt. Aráoz kommt der Lkw vor wie ein schiefes Rieseninsekt aus Metall.

Plötzlich hört er das Schnalzen der Abschaltautomatik. Mit Schwung zieht er die Zapfpistole aus dem Stutzen, hängt sie zurück an die Säule und dreht den Tankdeckel zu. Aus dir wird ja noch mal ein richtiger Tankwart, denkt er spöttisch, weil es ihm peinlich ist, dass etwas so Simples ihm solche Freude bereiten kann.

Hinter ihm geht die Tür auf, und heraus kommen Lépori und die beiden López-Brüder. Aráoz vermutet nur, dass es die López-Brüder sind, weil der kaputte Lkw und ihre Körpergröße eines alten Kühlschranks dafür sprechen. Zu erkennen sind sie nicht unter ihrer Kleidung: weite Hosen, Stiefel, dicke Jacken, bis über die Ohren gezogene Wollmützen, Schals, Handschuhe, dunkle Sonnenbrillen. Sie bewegen sich plump wie Astronauten auf dem Mond. Als sie an ihm vorbeikommen, sagen sie »Tag«, was durch den Schal vor ihrem Mund dumpf klingt.

Mühsam klettert Eladio López ins Fahrerhäuschen und zwängt sich hinters Steuer. Sein Bruder unterschreibt die Quittung und versucht auf der anderen Seite einzusteigen. Mehrmals reißt er an der verzogenen Tür, aber die scheint wie im Rahmen festgeklebt.

»Mach auf, du Idiot!«, schreit er, während er wie ein wütender Gorilla an der Tür zerrt, aber sein Bruder blickt starr nach vorn. »Du sollst aufmachen, hab ich gesagt, du Schwachkopf!«

Immer noch erhält er keine Antwort. Erst als der Alte Eladio winkt, wacht der aus seiner Versunkenheit auf. Er sieht nach rechts und begreift, was man von ihm will. Er dreht die Beine nach rechts, hebt sie und tritt zu. Die Tür springt auf, und José klettert wie ein Roboter auf den Sitz, zieht die Tür hinter sich zu. Eladio legt den ersten Gang ein und lässt die Kupplung kommen, würgt dabei aber den Motor ab.

Niemand sagt etwas. In die Stille hinein zwitschert ein Vogel. Eine lange Minute vergeht. Eladio betätigt den Anlasser, der Lastwagen wird zweimal durchgerüttelt, dann springt der Motor an. Das lose Blech des schwer in Mitleidenschaft gezogenen Fahrzeugs beginnt zu scheppern.

Aráoz betrachtet die Brüder. Die Kabine, in der sie sitzen, ist wie ein Aquarium, bei dem zwei Wände fehlen. Wenn sie erst auf der Landstraße sind, wird ihnen ein eisiger Wind ins Gesicht wehen. Trotzdem strahlen sie Würde aus, wie Forschungsreisende aus dem neunzehnten Jahrhundert, die den Nordpol erobern wollen, oder wie zwei Berber, die von ihrem Kamel aus in eine endlose Wüste sehen.

Eladio fährt so sanft an, als wäre er zum Fahren eines siebzehn Meter langen Lkws geboren. Als sie an der Gabelung ankommen, hupen sie zum Abschied. Das Tröten klingt verzerrt. Offenbar ist bei dem Unfall in Chacabuco auch die Hupe nicht ungeschoren davongekommen.

Der Alte spricht abwesend wie jemand, der in Worte fasst, was er schon länger denkt.

»Lorgio musste mit Engelszungen dazu bewegt werden, sie nicht zu feuern.«

Es ist kühl an diesem Morgen.

»Wenn sie nach Buenos Aires fahren, werden sie Gegenwind haben«, sagt Aráoz.

»Tja, wenigstens haben sie sich gut eingepackt.«

Noch ist der Lkw in Sichtweite, aber das Geräusch scheppernder Töpfe ist nicht mehr zu hören.

»Der Spanier hat sich breitschlagen lassen, sie nicht an die Luft zu setzen. Aber er weigert sich, den Lkw reparieren zu lassen, solange sie nicht richtig fahren können.«

»Und die Polizei? Wie wurde das geregelt?«

Der Alte zuckt mit den Schultern und gibt ihm mit einem Blick zu verstehen, dass er noch viel zu lernen hat.

»Es läuft ja auch schon besser. Hast du gesehen, wie gut Eladio angefahren ist?«

»Ja.«

Dem Alten ist einfach nicht beizukommen, denkt Aráoz.

»Sie müssen froh sein, dass sie der Spanier nicht hochkant rausgeschmissen hat. Acht Kinder … Damit hat er sich packen lassen.«

Aráoz versucht so natürlich wie möglich zu klingen, als er fragt: »Hat Perlassi das geregelt, oder haben Sie mit Lorgio gesprochen?«

Der Alte zögert mit der Antwort. Er spuckt zwei Meter weit und kratzt sich ein Teeblatt von den Zähnen.

»Perlassi. Solche Sachen regelt Perlassi. Da mische ich mich nicht ein.«

Aráoz sieht ihn an, aber der Alte starrt zum Horizont. Der Lkw ist längst ein verschwommener Fleck in der Ferne. Aráoz schüttelt den Kopf und lächelt.

»Haben Sie meine Rechnung fertiggemacht?«

»Was? Nein, aber das mache ich aus dem Kopf. Du bist am Montag angekommen, und heute ist Samstag. Fünf Nächte. Hundertfünfundzwanzig Pesos. Hundertachtzig mit den Mahlzeiten. Gestern hast du mir schon hundertsechzig gegeben. Um zwölf geht ein Zug. Wenn du willst, rufe ich Belaúnde an, damit er dich mitnimmt, wenn er zum Bahnhof fährt. Gib mir zwanzig Pesos, und wir sind quitt.«

»Wer war noch mal Belaúnde?«

»Der Bahnhofsvorsteher, der dich hierher mitgenommen hat. Sag ihm aber, dass das mit dem Staudamm nichts wird. Ihm geht nämlich ganz schön die Flatter.«

»Ah!« Wie ein Windstoß schießt Aráoz der Gedanke in den Kopf, dass sechs Tage sechs Tage oder sechs Jahre dauern können, je nachdem, wie man es betrachtet. »Ja, keine Sorge. Ich wusste nicht, dass er Ihnen die Geschichte von dem Staudamm erzählt hat.«

»Ich sage nur: neunhundertvierzig Einwohner laut Volkszählung von 2001. Er hat mich gleich am ersten Abend völlig aufgelöst angerufen.«

»Und was haben Sie gesagt?«

»Dass ich versuchen würde, dich von dem Plan abzubringen.«

Aráoz denkt kurz nach.

»Sagen Sie ihm, dass ich einen Narren an der Lagune gefressen habe und O'Connor dieses touristische Glanzstück nicht nehmen will.«

Der Alte sieht ihn wohlwollend an. Der Lkw ist endgültig nur noch eine Erinnerung an der Grenzlinie zwischen Himmel und Erde.

»Gute Idee. Wäre ich gar nicht draufgekommen.«

Sie kehren zum Gebäude zurück. Während Lépori zum Telefonieren in die Gaststätte geht, sucht Aráoz die Toilette auf, um sich ein wenig frisch zu machen. Dann geht er hinters Haus, um seine Taschen zu holen und das Zimmer abzuschließen. Er betrachtet die Eukalyptusbäume und die dahinterliegende Landschaft und denkt, dass er diesen Anblick vermissen wird. Lépori steht an der Zapfsäule und wartet. Aráoz gibt ihm die zwanzig Pesos.

»Brauchst du eine Rechnung?«

Aráoz schüttelt den Kopf und versucht das reglose Gesicht des Alten zu erforschen.

»Richten Sie Perlassi meinen Dank aus.«

Der Alte sieht ihn an und spielt den Empörten.

»So, so! Ich habe dich eine Woche lang an der Backe,

und du bedankst dich bei diesem Blödmann, der sich sonst wo rumtreibt!«

Aráoz lächelt.

»Sie haben recht«, sagt er und reicht ihm die Hand. »Ich danke Ihnen sehr.«

Der Alte schlägt ein.

»Hast du dir schon überlegt, was du nach deiner Rückkehr machen wirst?«

Aráoz zuckt mit den Schultern.

»Ich werde ein Poster aufhängen. Und danach weitersehen.«

In diesem Moment zieht ein Gefährt, das von der Hauptstraße in Richtung La Metódica abbiegt, ihre Aufmerksamkeit auf sich. Es ist ein schwarz lackierter und mit Rostpflastern übersäter Pritschenwagen, dessen Beulen notdürftig ausgewuchtet sind. Im Fahrraum drängen sich so viele Leute, dass Aráoz sie nicht zählen kann. Auf der Ladefläche steht der alte Medina und umklammert eine riesige weiße Waschmaschine.

Als sie an der Tankstelle vorbeifahren, hupt der Fahrer, und Medina winkt. Lépori und Aráoz erwidern den Gruß. Der Pritschenwagen weicht den größten Schlaglöchern aus, so dass Medina hinten akrobatische Kunststücke vollbringen muss, um nicht das Gleichgewicht zu verlieren.

Schweigend sehen Aráoz und Lépori dem Wagen nach, der bereits an den Silos von La Metódica vorbeifährt.

»Offenbar ist der Wasserpegel gesunken«, sagt der Alte nach langem Schweigen.

Aráoz grübelt eine Weile nach und sagt schließlich: »Ja, scheint so.«

Dieses Werk wurde im Rahmen des »Sur«-Programms
zur Förderung von Übersetzungen des Außenministeriums der
Republik Argentinien verlegt.

FSC
Mix
Produktgruppe aus vorbildlich
bewirtschafteten Wäldern und
anderen kontrollierten Herkünften

Zert.-Nr.GFA-COC-001278
www.fsc.org

Die Originalausgabe erschien 2008
unter dem Titel *Aráoz y la verdad*
bei Alfaguara, Buenos Aires

Umschlaggestaltung: Nina Rothfos und Patrick Gabler, Hamburg
Typografie: Birgit Thiel, Berlin
Gesetzt aus der Century Schoolbook von Greiner & Reichel, Köln
Druck und Bindung: CPI – Ebner & Spiegel, Ulm
Printed in Germany
ISBN 978-3-8270-0890-9

www. berlinverlage.de